HELL

ENTRE LE RÉEL ET L'IRÉEL

Morgane CHÉRON

Hell

ENTRE LE RÉEL ET L'IRÉEL

La Compagnie Littéraire

ISBN 978-2-87683-329-6

La Compagnie Littéraire - Brédys
11/13, rue Vernier - 75017 Paris

Chapitre Premier

DIX-SEPT ANS PLUS TARD

Je m'appelle Joy.

Je suis une fille enivrée par le désir de l'impossible, complètement hors réalité. Emportée par mes rêves où il n'y a jamais aucune limite.

Je déteste les cauchemars, ceux qui me barrent la route lorsque je voudrais m'envoler loin du monde réel...

Mon entourage n'est que ma famille et mes amis, tout le reste ne compte aucunement à mes yeux.

Pour moi, l'amour est un échec. Pourtant, il est une substance excitante, mais j'aime le sentir me torturer comme il le fait depuis quatre ans... Me battre est, loin de là, une erreur, car à chaque seconde de ma vie, ce seront mes cris que le monde entendra siffler dans le ciel, si je réussis ma vie...

Cette nuit-là, j'avais encore rêvé... Mes heures de sommeil étaient passées à une vitesse incomparable. Puis...

Retour à un monde qui ne m'enivre absolument pas. Tête baissée, mains dans les poches, je me dirigeais vers le portail où plusieurs filles et garçons attendaient avec une cigarette à la main son ouverture. Levant la tête, j'avance dès que le portail s'ouvre, suivant mes pas de l'autre côté de la route. Il faisait horriblement froid, car la buée que je rejette de ma bouche reflète les gouttes de pluie qui tombent sur mon visage. J'attends patiemment que la sonnerie sonne, même si mon envie était contraire à ce que je pense, mais le froid gèle tellement mes mains que la difficulté de rapprocher la cigarette près de ma bouche devient désagréable. Je suis fatiguée, les gens qui m'entourent parlent, et créent des bruits lourds qui deviennent sourds à mes oreilles.

J'ai l'impression de flotter dans les airs, j'ai la tête qui tourne, je ne suis pas bien et je comprends que cette cigarette est la source de tout ce mal-être, je tousse tout le temps et je crache du sang, on avait eu beau me dire que mes poumons sont fragiles, je continue encore et encore, pourquoi ?

Je ne sais pas... Alors je fais comme d'habitude, je m'assois en attendant que ça passe puis je me dirige vers l'externat pour aller à ma salle de cours, sans rien dire.

Pour moi, de toute manière, la vie n'est pas excitante, elle n'a rien d'enivrant mais au fond, me faire mon propre monde me permet de rester en vie, voilà ma vision des choses.

Souvent, les gens critiquent ma vision du monde et ma façon de vivre, mais si je ne faisais qu'écouter les critiques de tout le monde, ce serait bien à cause d'eux que je n'avancerais pas.

Les gens ont beau vouloir m'aider, en particulier ma famille, mes amis, ils veulent pouvoir m'ouvrir les yeux me faire revenir à la réalité, ils peuvent continuer, mais jamais je ne changerai d'avis sur ma vie, elle est un monde que je choisis de vivre à ma façon, et non à celle des autres.

Ma journée défile, et chaque seconde passée est d'un ennui terrible... Seuls les rires de mes amis semblent me réconforter, puisque l'on pouvait me trouver un petit sourire en coin...

Mais dans ces journées de dingues, rien ne valait vraiment mes nuits sans lune... Ces nuits où ces rêves, ces cauchemars me coupent le souffle et me réveillent en sursaut! Ça faisait déjà quelques nuits que je ne dormais plus.

Le fait de vouloir revoir certaines personnes me semblait impossible, la distance, devenait une douleur qui perçait les veines de mon cœur, j'aimerais remédier à ce handicap mais des choses voulaient m'en empêcher...

Je voulais tellement revoir ceux qui, même à distance, savent trouver les bons mots pour me redonner confiance en moi, je leur dois beaucoup, car grâce à eux, même si c'est dur à dire, ma vie a un sens.

Toute ma famille, et même mes amis! Ma meilleure amie d'enfance, mes amis de vacances que je connais depuis mon plus jeune âge, puis... Ce garçon, l'homme exceptionnel que toutes les filles recherchent!

Je parlerai de lui un peu plus tard dans mon histoire, ne pas parler de lui serait un scandale, car c'est presque lui qui fait battre mon cœur depuis maintenant quatre ans...

Bref, à chaque fois que je pense parler de choses bien, il y a comme une envie de reparler de ce qui ne me rend en aucun cas heureuse... Le lycée!

J'en ai déjà parlé, et pourtant j'ai effleuré le sujet des amis... Oui, il y a les bons et les mauvais, je sais!

Mais il y a surtout les bons, que ce soit les garçons ou que ce soit les filles, ces deux sexes opposés ne sont pourtant pas si opposés que cela, ils sont avant tout solidaires, témoins de leurs événements, ou encore complices... Même si les garçons sont réputés pour aimer les filles quand ils regardent constamment leur derrière, c'est faux quand on est seulement amis...

Quoi que...

Et les filles, bon... De notre époque on va dire qu'on a de la gueule, et alors c'est normal, je pense que nous n'avons plus vraiment le choix. Auparavant, les femmes étaient considérées comme des bonnes à rien, à part pour les tâches ménagères !

C'est inadmissible ! Nous, notre bande de nanas, on ne nous connaît pas énormément, mais assez pour savoir qu'il ne faut pas nous embêter et nous approcher de trop près !

Entre nous, on se confie des secrets, mais pas trop non plus, on garde nos distances, à part avec ceux en qui on a vraiment confiance !

Les amis c'est bien, mais la meilleure chose que je peux voir exister dans ma vie, c'est... le théâtre !

Les films, les scénarios etc. !

C'est ma passion, celle qui me fait monter l'adrénaline au plus profond de mon être !

C'est la chose qui, quand tout va mal, rend tout magique, ça me fait extérioriser tout le stress, toute la colère et toute la haine que je peux avoir en moi.

Je rêve de devenir une grande actrice, de vivre mon rêve à chaque instant, de pouvoir partir où je veux quand je veux, de vivre au jour le jour et de me sentir libre, et de croire que je pourrais voler telle une colombe blanche dans un ciel gris... Mais pour cela, je dois affronter tout ce que je ne souhaite pas passer, mais je sais qu'au bout ça en vaudra la peine et je serai tellement heureuse de réussir ma vie, tellement fière de montrer ce que je peux faire, et prouver ma volonté !

La réussite dans ma famille on ne peut pas dire que c'est la chose la plus acquise, mais le plus beau dans notre famille, c'est que personne ne lâche l'affaire, personne ne baisse les bras et tout le monde se bat.

CHAPITRE 2

LES HOMMES

IL EST à peu près midi treize et je l'attends encore devant le portail, où il est pour la première fois en retard.

Non je ne parle pas de mon copain, d'ailleurs je n'en ai pas et n'en veux pas. Je parle de mon meilleur ami, Nicolas Enli, qui, à une époque était ma dose d'héroïne, qu'il est toujours, mais la passion est moins forte.

Quand enfin je l'aperçois.

— T'es en retard, qu'est ce que tu foutais !

— Excuse-moi ! Ça va ?

Il m'embrassa sur la joue de ses lèvres bouillantes, qui, avant me faisait plutôt frissonner.

— On mange où ? me demanda-t-il de sa voix tellement douce.

— Tu as réellement faim ?

— Bah oui, un peu quand même ! Toi t'es un moineau OK, mais pas moi !

Souriant, je ne pus m'empêcher de le contempler.

— Quoi ?... Pourquoi tu me regardes comme ça ? Qu'est-ce que j'ai fait encore ?

— Rien, j'aime t'admirer c'est tout, tu me connais depuis le temps, lui rappelai-je.

C'est alors qu'il me prit par la main et, de ses bras musclés, entoura ma tête pour la coller contre son torse. Le fait d'être enfouie dans ses bras me rendait bien, sans danger et apaisée, avec lui jamais je n'ai été mal, et pourtant... Tant de problèmes se sont passés entre nous deux. Tellement de bien et de mal que l'on pensait qu'à une certaine période nos corps se liaient tout seuls, c'est comme si on ne pouvait plus nous séparer, on était liés l'un à l'autre comme deux corps en une seule âme...

C'est fou, et pourtant c'est ce que j'adore, c'est mon monde.

— Bon, on mange où? sautilla-t-il comme une andouille.

— J'en sais rien, je t'ai dit! Je n'ai pas faim, mange où tu veux! l'engueulai-je.

— Bon, allez viens, on va manger en ville.

— Ah non!

— Pourquoi, qu'est-ce qu'il y a?

J'hésitai cinq petites secondes, je savais qu'aller manger en ville serait une mauvaise idée, pour moi, comme pour lui! Je me comprends!

— Quoi!

— Bon très bien, changeai-je d'avis. Mais je te préviens on va au fond du restaurant, je ne veux pas qu'on me voie!

— Pourquoi tu te caches?

— T'occupe, lui répondis-je d'un ton sec.

Plus tard, dans le restaurant, lui se goinfrait comme un porc, moi je guettais l'horizon...

— Tu penses à quoi? À celui ou celle qui va te voir?

— Chut!

D'un air ignorant, il se remit à croquer dans son sandwich comme si de rien n'était. Moi, j'étais toujours à l'affût.

Puis il se leva, il avait enfin fini, nous pouvions partir loin d'ici.

Son bras passa devant moi pour m'ouvrir la porte.

Lorsqu'il attrapa la poignée, on pouvait apercevoir ses veines qui collaient à sa peau tellement ses poings se serraient.

Puis à ma grande surprise, je tombai nez à nez avec... Jared !

Jared Slow, un jeune homme de seize ans, assez grand, fin, bien formé, un peu musclé, beau brun aux yeux marron, une beauté qui, dès que je le voyais, me rendait toute chose... Et c'est sûrement le cas de le dire... Il me sourit, surpris, et me dit un mot que je ne pus comprendre tellement sa voix me paralysait !

— Salut.

Je restais muette, sans bouger.

— Eh bah, Joy tu ne réponds pas? me fit remarquer Nicolas.

Un temps de silence se marqua encore et un flash traversa mon esprit...

— JOY ! cria Nicolas.

— Ah ! sursautai-je. Quoi ?

— Tu m'as fait peur, je croyais que tu étais morte debout ! Il ne va pas te manger !

— Ah, salut Jared... le saluai-je après avoir retrouvé la parole.

— Ça va? Depuis le temps... rajouta ce dernier.

— Euh... Oui tranquillement on va dire, et toi?

— Très bien, merci...

— Je vous laisse trente secondes, s'incrusta Nicolas.

— Euh... Oui, répondis-je sans vraiment être consciente de ce que je disais.

Jared passa son bras devant moi, comme Nicolas avait fait auparavant et, à ma grande surprise, je vis sa main exactement identique à la sienne, en un peu plus fine. Il m'ouvrit la porte pour me faire entrer de nouveaux dans le resto-bar.

— On s'assoit ? me demanda-t-il.

— Oui, bien sûr.

— Alors sinon, quoi de neuf depuis... Tu sais quoi ?

Oh oui, je savais de quoi il parlait ! En effet, Jared a été ma première fois sans vraiment être voulue...

À l'époque je sortais avec un garçon que j'aimais énormément, et peut-être bien trop pour avoir fait une aussi grosse bêtise, lorsque l'acte devait se présenter avec ce garçon, des flashs intenses se mirent à traverser mon esprit, ce qui me fit reculer, mais pourtant je ne voulais pas lui ôter ce désir, et pourtant, rien...

C'est quand quelques jours plus tard il eut l'envie de me quitter...

Tout s'effondrait dans ma tête, dans mon cœur, les larmes étaient trop nombreuses pour les retenir, c'est donc là que Jared est arrivé, un vendredi après-midi, j'avais séché les cours pour le voir, sans arrière-pensées, bien au contraire, je venais en amie...

Et pourtant tout a mal fini !

Quand je dis une première fois non voulue, c'est bien parce que je n'allais pas chez lui pour faire cela, ce qui est quand même arrivé, je m'en suis énormément voulu car le lendemain... l'autre m'a quitté !

— Joy ? Tu rêves ? me demanda Jared.

— Non, je... Je pensais.

— À quoi ? sourit-il.

Le sourire que je connaissais bien trop quand il venait de lui.

— Aux erreurs que l'on peut faire dans sa propre vie... Je dois y aller, désolée, je suis venue avec mon meilleur ami pour passer l'après-midi avec lui et non avec un autre. À plus Jared.

— Mais...

— Désolée.

— Joy...

Il m'attrapa le bras, mais ne put dire aucun autre mot, car Nicolas avait posé sa main sur son épaule et le regarda d'une manière presque effrayante.

— Lâche-la. Et je te le dis gentiment.

Jared le regarda avec des yeux brillants écarquillés, de peur d'être éjecté par Nicolas.

— OK, c'est bon on y va, lui dis-je.

— Ne t'approche plus d'elle, c'est clair, fit comprendre Nicolas à Jared. Je te vois lui tourner autour ne serait-ce qu'une fois encore, et ta vie en dépendra !

— C'est bon, Nico, on y va !

Puis nous partîmes.

J'en étais sûre que ça allait arriver ! Je l'avais prédit, tomber sur cet imbécile, alors que c'était bien lui que je ne voulais en aucun cas voir !

L'après-midi était terminé et Nicolas devait rentrer chez lui, tout comme moi à l'internat, nous nous séparâmes déçus de se quitter, comme toujours, on était liés après tout, donc on pouvait comprendre que se séparer était difficile pour nous, même si le lendemain on allait se revoir.

— À demain, me dit-il.

— Oui, à demain.

— Au fait... Qui c'était ce Jared ?

— Une vieille connaissance, rien de plus.

— Tu en es certaine ? Je t'ai observée quand tu parlais avec lui et j'ai pu en déduire que certains de tes gestes avaient l'air coincés...

Je ne bronchais pas.

— C'est un ex-petit ami ?

— Nico, on en reparle plus tard, je vais être en retard et toi tu vas rater ton train.

— Je peux prendre le prochain.

— Moi je ne peux pas rentrer plus tard !
— Demain on en reparle OK ?
— Bien sûr.
Il m'embrassa sur la joue, me fit un sourire, et partit.

CHAPITRE 3

MES RÊVES, MES CAUCHEMARS

L'ORAGE grondait, la pluie et le vent semaient la terreur, et claquaient sur les vitres de l'internat.

Des montées de chaleur me rendaient mal à l'aise, j'avais l'impression d'étouffer dans mes draps et de ne pouvoir sortir la tête pour respirer.

Comme si j'étais enfouie dans l'eau et retenue par quelqu'un ou quelque chose, et qui m'empêchait de remonter pour sortir la tête de l'eau.

Quand soudain, ma respiration se coupa, je dus me réveiller en sursaut pour reprendre ma respiration.

Ces sensations, je les ressentais quand quelque chose me tracasse, c'est bête à dire mais c'est la vérité, le peu de stress me rend complètement ailleurs, en plein délire. Consciente ou inconsciente.

Je me rendormis, et à ce moment, j'eus un frisson et vis le visage d'un jeune homme que je ne pus réellement identifier, mais celui-ci me fit rouvrir les yeux en un rien de temps.

Je pris mon portable posé à côté de mon coussin, regardai l'heure, et vis s'afficher deux heures et demie du matin.

Ma tête retomba sur le coussin et je me rendormis jusqu'à ce que les lumières s'allument à six heures moins vingt-cinq.

Dès que les lumières s'allumèrent, Julie, ma colocataire de chambre et mon amie, se leva me tapotant la couette. Cela voulait dire : « C'est l'heure, lève-toi ».

Julie, je la connais depuis bientôt trois ans, on s'entend très bien. Elle est un peu comme moi, avec un caractère bien trempé, celui de nos mères, évidemment... Elle est un peu pâle de peau elle aussi, avec des yeux verts, et des cheveux mi-courts blond mélangé au noir, elle fait ma taille, et s'habille toujours en marque. Pour moi, Julie est une fille extraordinaire, dans les deux sens des mots, personne ne l'aime, et elle n'aime personne, mais moi je l'adore.

— Bon Joy, tu t'actives !

Je gémis, me tortillant comme un ver dans mon lit.

— Il est cinquante ! rajouta-t-elle.

Puis je songeai enfin à me lever.

— Oh j'en peux plus, je suis trop fatiguée, m'exclamai-je.

— Tu as rêvé cette nuit ? me demanda-t-elle.

— Rêvé ? Comment ça ?

Alors que je savais très bien de quoi elle parlait.

— Bah... rêvé !

— Pourquoi tu me demandes ça ?

— Je t'ai entendue te lever en sursaut et prendre une grande respiration. Tu t'es étouffée ?

— Non, pas du tout, j'ai baillé je me suis réveillée quelques secondes.

— Tu ne te ficherais pas de moi ? Ça fait plusieurs fois que je t'entends te réveiller en sursaut dans la nuit à essayer de respirer !

Un temps de silence pénétra dans la chambre.

Puis Julie reprit, voyant que j'avais baissé les yeux trois secondes avant.

— Tu sais que si quelque chose t'embête tu peux m'en parler... OK Joy?

Je fis un bref "oui" de la tête n'ajoutant aucun mot, je me levai sans broncher pour me laver le visage, m'habiller, et me maquiller. Je pensc que du mascara suffira pour aujourd'hui... Et peut-être un peu de fond de teint, mon visage est trop pâle, je ne voudrais pas ressembler à un zombie...

L'impression que j'ai quand je me regarde dans le miroir, c'est de voir quelqu'un d'autre que moi, une autre identité, une personnalité différente qui allait jusqu'à me faire peur...

Julie me fit revenir à la réalité quand elle me parla.

— Bon Joy! T'es molle aujourd'hui, qu'est-ce que tu fous, grouille-toi!

Nous enfilions nos sacs sur nos épaules et nous partîmes de la chambre nous dirigeant vers le self pour déjeuner.

À chaque fois que j'entrais dans ce self, et de bon matin, j'avais une envie de ressortir aussi vite que j'y étais entrée, toutes ces filles, ces lesbiennes, ces pucelles, ces hétérosexuelles, elles me dégoûtaient presque toutes autant qu'elles étaient... Je n'avais rien contre les lesbiennes, ni les pucelles, ni les hétéros, puisque moi-même je suis hétéro, mais certaines me répugnent!

Julie m'attrapa par le bras pour passer devant certaines, jusqu'à ce qu'une m'attrape et me dit :

— Tu vas bouffer, pas la peine de doubler!

C'en était déjà trop pour ce matin, je me retournai et lui répondis d'un ton poignant :

— Qu'est-ce que tu veux, pétasse? Toi aussi tu vas manger, puis vu la grosseur de tes hanches, ça veut bien dire que tu bouffes assez, alors m'emmerde pas!

— Qu'est-ce qu'il y a? demanda Julie.

— Rien, laisse tomber, on avance, lui répondis-je énervée.

Je pouvais juste entendre la fille qui m'avait harcelée, chuchoter derrière moi « fille de pute ». Je me retournai, enragée, pour vouloir lui mettre un coup de poing, mais Julie me retint.

— Joy laisse-la, elle n'en vaut pas la peine ! Tu es énervée, laisse passer.

— Je te jure que la prochaine fois que je te croise, je te ferai bouffer ta graisse ! criai-je.

— JOY, laisse tomber !

La pionne arriva derrière moi pour m'attraper et me dégager.

— Joy, tu sors !

— Mais…

— Tu sors !

Je sortis et claquai la porte du self. Je voulais vite ressortir... C'était fait.

Je partais en colère, tremblante comme si le froid avait envahi mon corps, avec Julie qui me suivait derrière.

— Joy, t'as pas faim ?

— Laisse-moi.

— Pourquoi tu t'es énervée comme ça ?

Je me retournais et la regardais ahurie.

— T'as pas entendu ce qu'elle a dit ? Tu étais juste devant moi !

— Non je n'ai pas entendu... Elle a dit quoi ?

— Fille de pute !

— Euh… Je ne veux pas t'offenser mais, tu es sûre ?

— Je te le jure, je l'ai très bien entendu, je n'ai pas halluciné !

— Bon... Tu viens manger ?

— Non, je n'ai plus faim, je t'attends devant le lycée.

Je partis plus calme que la minute avant que Julie vienne me voir.

Je sortis une cigarette de mon sac et la fumai aussi vite qu'une feuille qui prenait feu.

Il faisait de plus en plus froid le matin et de plus en plus nuit, l'hiver approchait à grands pas, même si l'été avait été remplacé par l'hiver depuis déjà quelque temps. En effet, l'été avait été plutôt frais.

Quelqu'un me serra le ventre d'une main. Je me retournai et vis Mèle; elle, c'est une amie comme Julie, mais je suis seulement dans sa classe, car elle était comme moi et Julie en internat mais depuis quelque temps elle n'y dort plus, elle préfère rentrer chez elle ou aller dormir chez son petit ami, comme toutes je crois. Même si je suis célibataire, rentrer chez moi serait mieux que l'internat.

Mèle, est un peu petite et un peu forte, elle est brune aux yeux marron et a une personnalité bien à elle.

— Ça va?

— Oui ça va et toi? Bonne soirée avec ton homme? rigolai-je.

— Oui, normal quoi, comme d'habitude, rien ne change, on s'engueule encore et toujours, il m'énerve!

— Bah, reviens nous voir un peu à l'internat.

— Oh merde, j'en ai ma claque de l'internat, je ne sais pas comment vous faites!

Julie arriva derrière et lui dit :

— Nous, c'est qu'on n'a pas le choix Mèle, toi peut-être mais pas nous. Bon ça va mieux toi?! me demanda-t-elle.

— Pourquoi, qu'est-ce que t'as? me demanda Mèle.

— Rien... Oui, ça va.

— Elle a pété un câble sur une fille au self, j'ai bien cru qu'elle allait la tuer.

— Tu m'aurais pas retenue, ça aurait été le cas!

Comme toutes les journées, elles se passaient sans succès, j'avais juste envie qu'elles se finissent et que je puisse aller m'allonger sur mon lit pour rejeter les choses qui ont pu me crisper pendant la journée.

L'absence, l'absence encore l'absence, toujours l'absence.

Quand pourrai-je le revoir, le visage de cet homme que j'attends depuis tellement longtemps.

Quand pourrai-je effleurer une fois de plus son visage de mes mains, et entendre son cœur battre près de moi?

QUAND, QUAND, QUAND?

— HAAAA!

— Joy, qu'est-ce qu'il y a? dit Julie réveillée par mes cris. Joy!

— Ça va. Je repris ma respiration. Ça va...

— Bon, je sais qu'il n'est que... (Elle regarda son portable)...deux heures et demie, mais tu vas devoir m'expliquer pourquoi tu rêves de choses étranges!

— T'as dit quelle heure?

— Deux heures et demie, pourquoi?

— C'est l'heure à laquelle je rêve à chaque fois.

— T'es sûre?

— Si je te le dis.

— T'as rêvé de quoi?

— De rien, laisse.

— Non non, tu m'expliques!

— De rien, je te dis! Je suis fatiguée, je veux dormir, OK?

— Demain matin, t'as pas le choix.

Et elle se rendormit.

Moi, il m'avait fallu une heure pour me rendormir.

Le lendemain, Julie avait, je pense, oublié qu'elle et moi devions parler de ce qui s'était passé cette nuit. Et pourtant je la connaissais trop bien, elle n'allait pas oublier comme ça. On était vendredi et je n'avais pas envie de me prendre la tête pour un rêve... Bon d'accord, des rêves qui se manifestaient trop souvent à mon goût et tout le temps à la même heure... J'avouais que ça devenait assez embarrassant.

— Alors ?

Je sursautai voyant derrière moi Julie les bras croisés, et, je suppose, attendant une explication...

— Alors quoi ? répondis-je innocente.

— Qu'est-ce qui s'est passé cette nuit !

Je commençais à tourner les talons et à partir mais elle m'attrapa le bras.

— Je te préviens, si tu ne me dis rien, j'appelle un psy, que tu le veuilles ou non !

— Je vais très bien, je te jure, ce ne sont que des rêves !

— Des rêves qui se reproduisent toutes les nuits et particulièrement à deux heures et demie précises du matin, soit c'est de la connerie pure et simple, soit c'est une coïncidence, soit...

Elle mit du temps avant de dire ce qu'elle avait en tête :

— ... Tout ce qui te rend soucieuse te fait rêver, et pas de choses que tu aimerais. J'ai tort ?

— Non... Mais moi-même je ne sais pas pourquoi ça m'arrive.

— Tu devrais peut-être voir un psy, ça t'aiderait.

— Non non non, pas de psychologue, j'en ai déjà trop vus pour en faire une overdose ! J'en peux plus, je ne veux plus !

— Mais si ça continue, tu ne vas tout de même pas rester comme ça à rêver toutes les nuits, ce n'est même pas rêver, c'est cauchemarder !

— Julie... Tu me promets que tu n'appelleras pas de psy ?

— Joy, ça peut être grave.

— Je suis sûre que non.

— Si tu ne veux pas, OK, mais si un jour il t'arrive quoi que ce soit, tu pourras comter sur moi pour que j'appelle !

Je la regardais avec un mini-sourire en coin, parce qu'au fond, je savais qu'il n'y avait rien de vraiment grave, mais d'un autre côté, je n'en n'étais pas si sûre...

CHAPITRE 4

LE WEEK-END

TROIS heures et demie étaient passées, et j'attendais ma mère devant le portail du lycée après les cours. Quand enfin elle arriva. J'enfourchai ma valise et ouvris le coffre de la voiture pour l'y mettre.

Puis je montai à l'avant, saluai ma mère et l'embrassais.

— Tu as des vêtements propres dans ta valise? me demanda-t-elle.

— Euh... Oui, pourquoi?

— On part en week-end!

— Ah bon? Où ça? m'étonnai-je.

— Devine...

Je réfléchis un instant et compris rapidement. Les week-ends, et nos étés, on ne pouvait les passer qu'à Royan... En Charente-Maritime au bord de la mer.

Là où celui que j'aime depuis si longtemps est installé, et là où mes pensées sont très vite vidées lorsque le vent de l'Ouest découvre les plus profondes...

— Super! Ça va me faire du bien... J'espère.

— Ça nous fera du bien à tous, je pense.

Dès que nous arrivâmes à la maison, elle me passa plusieurs affaires à mettre dans la valise vide posée devant moi.

— Voilà les vêtements de ton père et... voici les miens.
— On part seulement samedi et dimanche !
— Oui, mais on ne sait jamais.
— Ah bah, là vous aurez assez de rechange, oui !
— Allez ! Enfile-moi tout ça dans la voiture !

Dès que le chargement de la voiture a été terminé, ma mère me fit monter dans la voiture et nous partîmes chercher ma sœur au collège, pour partir aussitôt rejoindre mon père au travail.

Mon père, Stéphane, avait une longue carrière dans la cuisine, il travaillait chez Lucas Repsy, un très grand cuisinier au restaurant *Mont Charles*, et montait de poste en poste, rapportant plus d'argent au fur et à mesure, ce qui nous rendait un peu plus forts face à la crise. Ma mère, Clotilde, elle, travaillait chez John Spook, un très bon avocat avec qui elle avait monté une boîte en 1991, un an avant ma naissance ; ils formaient une très bonne équipe.

Dès que nous arrivâmes au travail de mon père, nous avions dû l'attendre jusqu'à au moins dix-neuf heures cinq alors que nous étions arrivés à dix-sept heures et demie, ma mère était assez remontée contre lui mais il n'avait pas le choix, c'est lui qui donnait les consignes avant de partir après tout.

Et dès qu'il eut fini, nous partîmes aussitôt.

Et nous voilà partis sur la route pendant environ quatre heures, si mes déductions étaient bonnes, nous allions arriver vers exactement vingt-trois heures et quelques.

Mon habitude pendant le trajet : écouter de la musique à limite en faire une overdose, elle m'inspirait sur certains faits réels et irréels, qu'elle soit chantée ou instrumentale, je me créais à chaque musique une histoire toujours bien différente. Parfois même, j'en rêve... Il suffisait que je m'endorme avec et je pars dans une nuit musicale qui m'emportait là où le bonheur est réel mais ne dure que quelque temps...

Dans mes rêves j'étais un peu comme une enfant qui croyait encore au prince charmant, c'était un sentiment qui troublait et qui surprenait, et quand on fermait les yeux c'était tellement différent, c'était comme une évidence, une prière ou encore une urgence de vouloir voir ce que le monde ne nous montre pas.

Je n'étais pas satisfaite de ce que je voyais, encore moins de ce que je vivais, le monde cachait tout ce qu'on rêve de trouver, il nous montre le mal, la crise, l'enfer, alors que ce que l'on recherche c'est tout le contraire de ces mots !

Mais même s'il nous montrait le bonheur que recherchent les femmes, « l'Amour », je crois que c'était à nous de décider pour la suite, pas les gens, ni la Terre, ni rien d'autre, seul le cœur est maître de nos destins. Rien ni personne ne pouvait changer nos vies, nous seuls pouvions le faire.

Pour une fois, je m'étais endormie pendant le trajet, et quand je me suis réveillée, nous venions juste d'arriver.

Me frottant les yeux, j'ouvris la porte de la voiture et sortis. Rien que le vent de l'Ouest me rendait bien dans ma peau, à un point que mes sentiments s'envolèrent dans les airs presque à m'emporter avec eux...

— Qu'est-ce que tu fais ?

— Je savoure, répondis-je à ma mère.

— Ça fait du bien, hein ?

— Il n'y a même pas de mots pour décrire le bonheur d'être ici. Je peux aller faire un tour ?

— T'es malade ! Il est bientôt minuit ! Demain oui, mais pas là !

La nuit avait rapidement défilé, sans rêves, ni cauchemars, tout comme la journée, et je n'attendais qu'un seul moment... la fin de journée, là où le vent est encore chaud mais a atteint la douceur, là où le sable de la plage est tiède et là où le coucher de soleil envahit le ciel.

Pieds nus, je partis sur les rochers tout près de la résidence où j'étais, et que je connais par cœur depuis ma plus tendre enfance, ce lieu est un des plus beaux endroits que je puisse connaître, car c'était là où je pouvais ressentir le vent caresser ma peau, là où je pouvais ressentir ce que les marins ont ressenti en mer.

Prise dans mes rêves, un nuage noir commença à encombrer mon esprit, je sentais la présence d'un être qui ne m'était pas inconnu. Je me tournai, voulant chercher d'où il pouvait venir, mais le nuage encombrait même ma vision, comme un voile qui voulait m'empêcher de voir qui il était, et d'où il venait.

Je me retournai face à la mer, et le nuage noir venait simplement du ciel, une tempête se préparait, mais pourquoi brouillait-elle les plus importantes sensations de mon corps ?

La mer commençait à s'agiter, et les vagues formaient à présent des rouleaux d'eau et de sel. J'en pris une claque dans le visage tombant en arrière, me faisant mal au dos à cause des rochers pointus, et c'était en essayant de me lever que j'allais découvrir qu'un bout de la tunique que je portais s'était accroché sur un bout de rocher. C'est alors que, à ma grande surprise, je me levai sans difficultés mais retombai aussitôt à cause de ma tunique coincé.

Mes yeux se mirent à verser des larmes à cause du vent et du sel, mais également à cause de la peur. Je pensais ne pas m'en sortir, personne n'était dehors avec cette tempête, et je n'avais pas mon portable pour essayer d'appeler mes parents. Avec toutes ces frayeurs, et cette volonté de vouloir m'en sortir vivante, mes jambes commençaient à trembler, comme quand j'étais sortie du self l'autre jour, mais là, le froid était présent, et me rendait de plus en plus faible.

Jusqu'au moment où je lâchai prise sur le fait de persister à garder les yeux ouverts. Mes membres étaient hors service, et mon cerveau n'arrivait plus à les contrôler.

Un bandage flou intervint juste là, devant mes yeux, mais je pus, avant de perdre connaissance, apercevoir une ombre, un humain à ce que je pouvais en déduire, mais je tombai raide sans rien voir de plus.

C'est quand soudain, la douceur et la plénitude du vent caressaient de nouveau ma peau, cet envoûtement avait enfin repris... Mais la lumière de je ne sais quoi m'éblouissait, je dus me cacher les yeux pour les ouvrir peu à peu.

J'ignorais totalement où j'étais. Chez moi? Ou chez quelqu'un qui m'avait sauvé de ce cauchemar?

— Tu m'entends? Comment tu vas? Est-ce que tu te rappelles de ce qui s'est passé? me demanda une voix d'homme que je ne pus pas encore identifier tellement la lumière me faisait mal aux yeux.

— Euh... Vous n'auriez pas une lumière moins éclairante, j'ai mal aux yeux!

— Ah, attends...

Je pus l'entendre partir au fond de la salle où j'étais, c'est ce que pouvaient m'indiquer ses pas qui s'éloignaient toujours un peu plus.

Puis, le niveau de luminosité avait enfin baissé.

— Ça va mieux comme ça?

J'écartai mes mains de mes yeux, appréhendant sur la personne que j'allais découvrir.

— Non, mais je rêve! m'exclamai-je.

— Oh merde, tes yeux! Tu es sûre que ça va aller?

— Taylor! Comment...

Taylor Kepler, celui dont je devais vous parler plus tard dans mon histoire, celui qui fait battre mon cœur depuis quatre ans... Vous vous souvenez? Bah, il est arrivé plus vite que prévu apparemment, même si c'était de ma faute...

— Bouge pas, je vais te chercher de l'eau ! Tu vois flou ?

— Comment tu m'as trouvée ?

— Attends, je cherche un torchon.

— Pour faire quoi ? lui demandai-je. On a besoin de torchon pour discuter maintenant ?

— Non, c'est pour tes yeux, espèce d'andouille ! T'as pas vu leur gueule ?

— Et comment j'aurais pu, tu m'expliques ?

— Attends, je vais te chercher un miroir, tu vas vite comprendre !

Il partit en chercher un, et j'appréhendais de voir leur tête car d'après Taylor, ils n'avaient pas bonne mine...

Il me le tendit, mais le reprit aussitôt.

— T'es sûre que tu veux voir ?

— Oh, c'est mes yeux, dépêche-toi !

Il me le tendit. Quand je le tournai vers moi, j'avais comme l'impression que mon cœur allait sortir de ma poitrine.

Là, devant moi, mon visage était plus pâle que la normale, et mes yeux... Mes yeux... On m'aurait vue dans la rue, on aurait pu dire qu'on m'avait arraché les vaisseaux de l'intérieur avec une gratitude presque effrayante, des poches presque noires se dressaient juste dessous comme si je n'avais pas dormi depuis des lustres, et le blanc de l'intérieur était recouvert par le rouge, et pas que la couleur, le sang qui a essayé de rejeter tout le sel, le sable et l'eau qui a pu rentrer.

— Oh mon dieu...

— Tu peux me dire ce que tu fichais sur les rochers ? Tu n'as pas vu la tempête se préparer ?

— Et comment ? Il faisait encore une chaleur à crever.

— Oui, n'exagère pas non plus, on est presque en hiver !

— Je sais, mais il faisait bon, même les rochers étaient encore tièdes.

— Oui, et tu vas me dire que l'eau aussi ?

— Oh, arrête ! Euh, dis-moi, mes parents sont au courant ?

— De quoi ?

— Que je suis chez toi ?

— Tu n'aurais pas les yeux éclatés, tu aurais pu rester puisqu'ils me l'ont accordé, mais là je vais t'y ramener pour qu'ils t'amènent à l'hôpital.

Me levant en sursaut de son canapé où il m'avait allongée le temps de ma réanimation, je criai :

— Ah non, pas l'hôpital ! Je suis venue passer un weekend tranquille, donc je ne veux pas finir à l'hosto, c'est hors de question !

— Tu n'as pas le choix ! Tu as vu toi-même tes yeux, tu ne vas pas rester comme ça !

— Si ! Tu te rends compte que s'ils me voient dans cet état-là, on va repartir et je n'ai aucune envie de repartir là-bas maintenant, c'est clair !

Alarmé, il ne broncha pas. Moi j'étais essoufflée, je parlais sans reprendre ma respiration, ce qui endommageait mes poumons fragiles. J'étais, de plus, très excitée avec tout ce qui venait d'arriver, je n'imaginais pas mon weekend commencer comme ça...

Et ne voulais pas imaginer comment il allait se terminer...

CHAPITRE 5

WEEK-END INACHEVÉ

TAYLOR avait gagné, il me ramena auprès de mes parents qui, dès qu'ils eurent vu mes yeux, se mirent à hurler pire que des gamins, on ne pouvait même pas comprendre ce qu'ils disaient tellement la rage les envahissait.

— Mais qu'est-ce qui s'est passé ! cria ma mère.

— C'est toi qui lui as fait ça ? cria mon père à Taylor.

— Non mais ça ne va pas ? Taylor n'aurait jamais fait ça ! criai-je à mes parents.

Mais ils continuaient à crier comme des Mongols enragés ! Créant des bruits irritants dans mes oreilles, et mes mains se remettaient à trembler, j'avais l'impression que deux de mes cinq sens étaient gravement endommagés. Je tenais ma tête, tellement leurs cris me torturaient.

— Ça va ? me demanda Taylor.

— Non, répondis-je difficilement, j'ai mal à la tête, mais c'est à cause d'eux et de leurs cris insignifiants.

Et j'optai pour crier aussi fort qu'eux :

— LA FERME !

Puis, grâce au ciel, ils s'étaient arrêtés d'un coup, me regardant ahuris. Malheureusement, cette journée m'avait épuisée, c'est alors que je m'écroulai sur le sol glacial de la maison.

Une fois que je rouvris difficilement les yeux, je remarquai que j'avais encore changé de décor. Je pense que ce week-end allait être inachevé si je m'évanouissais comme ça tout le temps, et surtout si je changeais d'endroit à chaque fois. Dès que j'eus ouvert un petit peu les yeux, je vis des tubes sortir de mon nez, et en sentis un dans ma bouche. Ma mère me vit éveillée et entra vite dans la chambre.

— Ça va, mon ange ?

— M'man...

Oui, avec un tube dans la bouche c'est dur de parler...

— Attends qu'on te retire ça et tu pourras dire quelques mots.

Je bouillonnais de l'intérieur quand je compris que j'étais à l'hôpital.

— Taylor est avec nous et il compte rester plus longtemps pour être à tes côtés.

Oh que c'est mignon...

— Je pars quand ?

— Ne parle pas chérie, ça sert à rien.

— T'as qu'a app'ler une infirmière !

— Rooh, ce n'est pas vrai, celle-là !

Elle partit et revint aussitôt avec une. Elle me retira tous ces tubes inutiles.

— Ça servait à quoi, vos trucs, là ?

— À contrôler ta respiration !

— Ouais, euh... Je suis vivante, j'ai juste fait un malaise !

— Ça n'empêche pas que ton cœur peut lâcher à n'importe quel moment, tu as été endormie sept heures.

— Quoi ! Ça veut dire qu'on est déjà dimanche !

Non, ce n'était pas possible, elle mentait ! Un petit évanouissement ne dure que trois minutes !

Elle se tourna vers ma mère et lui demanda de la suivre.

— Tu vas où ?

— Je reviens ! Taylor, va la voir ! lui dit-elle.

— Ça va ? me demanda-t-il.

Je lui mis la main sur la bouche pour écouter la conversation de ma mère et de l'infirmière.

— Chut, deux secondes.

— Votre fille a eu autre chose qu'un malaise récemment ? demanda l'infirmière à ma mère.

— Eh bien, hier soir, enfin avant l'incident, elle est allée marcher sur les rochers et une tempête a éclaté en un rien de temps et elle a eu quelques soucis. C'est son ami là-bas qui l'a retrouvée étendue sur les rochers, inconsciente. Ensuite il l'a ramenée à la maison et elle avait les yeux tels qu'elle les a actuellement. Puis nous nous sommes disputées et elle a fait son malaise.

— C'est tout ? demanda l'infirmière.

— Oui je crois, pourquoi ?

Elle hésita et se lança :

— Votre fille a des symptômes inquiétants, et maintenant que vous m'avez dit qu'elle avait eu des soucis avant, tout s'éclaire, nous pensons que les symptômes sont liés à ce qui lui est arrivé pendant la tempête. Je peux interroger son ami, il a peut-être vu quelque chose ?

— Oui, allez-y, on ne sait jamais.

Elle se dirigea soudain vers nous et appela Taylor.

— Jeune homme ?

Il se retourna.

— Oui ?

— Je peux vous questionner quelques secondes ? Ce ne sera pas long.

— Oui, bien sûr.

Puis il s'éloigna de moi.

— Quand vous avez retrouvé Joy sur les rochers, comment était-elle ? Vous avez tout de suite remarqué ses yeux ?

— Non, je ne les ai vus que quand elle s'est réveillée chez moi. À vrai dire, il faisait sombre dehors, et chez moi elle dormait sur le côté et je n'ai pas cherché si elle était blessée sur le moment, je préférais la laisser se reposer.

— Très bien, et comment avez-vous réagi lorsque vous les avez vus.

— J'ai été très surpris et effrayé, enfin, j'ai eu peur que ce soit grave pour elle. Avec tout ce qu'elle a dû prendre dans les yeux, comme le sel, le sable et l'eau, j'ai eu vraiment peur.

— Bien, merci, je vous recontacterai si j'ai besoin de vous.

— OK.

Elle retourna auprès de ma mère.

— Nous allons faire des analyses de ses yeux pour voir ce qui a pu s'infiltrer dedans et ce qui pourra endommager ses vaisseaux.

Elle respira, et reprit :

— Madame, il faut que vous sachiez que ça peut devenir dangereux la situation dans laquelle nous sommes, votre fille a des symptômes très particuliers qui ont dû changer lors de la collision avec la tempête. Certains de ses globules se sont rassemblés et ont formé des groupes, ce qui est impossible dans un organisme humain, je ne suis pas scientifique mais je crains la suite... Je préfère être franche. Ensuite, on pense que son ouïe a été très développée en un rien de temps, c'est une énigme pour nous tous, et croyez-moi, ça va être dur de comprendre ce qu'il s'est passé pendant la tempête... Car je pense que c'est depuis ce temps-là qu'elle a toutes sortes de changements corporels.

— Merci madame... Euh... Je... Je vais appeler mon mari et lui expliquer.

Puis ma mère attrapa dans sa poche son portable, tout en se dirigeant vers moi. Les larmes aux yeux, elle me regarda droit dans les miens.

— Quoi ? l'interrogeai-je.

— Rien... Attends, j'appelle ton père.

Il décrocha aussitôt. Mais ma mère s'éloigna.

Moi, j'attendais encore et toujours dans ce lit inconfortablement horrible.

Mais Taylor empêcha la solitude de m'emparer plus longtemps.

— Merci d'être là. Je craignais qu'on allait m'oublier avec tous ces événements !

Il rit.

— Non, on ne va pas t'oublier, après tout c'est sur toi qu'on est le plus focalisé.

— Ou sur mes yeux !

— Oui, l'infirmière a dit qu'ils allaient faire des prélèvements pour voir ce qui peut craindre pour tes vaisseaux.

— Oh non, pas de ça !

— Et ne ronchonne pas ! rit-il.

En parlant du loup... La louve venait me chercher.

— Mademoiselle ?

— Oui ?

— Nous allons vous emmener en salle d'opération.

— Quoi ! Pourquoi ?

— Nous allons tout d'abord faire des prélèvements dans vos yeux, et si nous le jugeons préférable nous vous opérerons des yeux au risque que vous les perdiez.

— Vous voulez dire... Que je perde la vue ?

Elle me fit signe de la tête que oui.

Tout à coup, tout avait l'air de s'effondrer encore, comme plusieurs fois dans ma vie. On pouvait même remarquer, ma mère tout comme Taylor et l'infirmière, que mes yeux ne mentaient pas au sujet des larmes, elles étaient bel et bien réelles !

— C'est risqué le prélèvement ? demandai-je.
— Non, me répondit l'infirmière.
— Et l'opération ?
— Plus...

Je respirai un grand coup et la suivis jusqu'à l'endroit sinistre de l'hôpital.

Chapitre 6

HEURE DE VÉRITÉ

Quand nous arrivâmes dans la chambre, le décor me fit apparaître toutes sortes de flashs, aussi gores les uns que les autres.

Les lits de fer, qui étaient en réalité propres presque brillants, je les voyais recouverts de sang et entourés d'outils qui servaient aux infirmiers pour opérer.

De peur, je posai la question.

— Euh… Dites-moi franchement, les lits de fer, là, ils sont propres ?

— Bien sûr, ils sont nettoyés après chaque opération, pourquoi ?

Continuant d'observer les lits je répondis :

— Comme ça, simple curiosité, je n'aime pas les hôpitaux, alors vous savez, je veux être rassurée au maximum.

— Les hôpitaux sont justement les endroits où vous êtes le plus en sécurité.

— Ouais, c'est ça. Bref, finissons-en. Moins je serai ici, mieux je me porterai.

— Bien, mon collègue Jonathan va maintenant s'occuper de toi, ne bouge pas trop, c'est un peu désagréable.

— Merci de me réconforter, lui lançai-je.

Je me retournai et vis son collègue qui me regardait. Presque effrayée, je ne le lâchais pas du regard.

— Bonjour, je suis Jonathan, et c'est moi qui vais m'occuper de vous, se présenta-t-il.

— Oui je sais, votre collègue me l'a dit. C'est vrai que c'est désagréable ?

— De quoi ? me répondit-il s'occupant en même temps de préparer les outils qu'il allait utiliser. De s'appeler Jonathan ?

— Non, ce que vous allez me faire, rigolai-je.

D'ailleurs ce n'était pas dans mes habitudes de rire dans un hôpital, encore moins dans cet endroit.

— C'est un peu désagréable en effet, mais c'est aussi très rapide.

— Si vous faites tout rapidement alors vous êtes l'homme parfait, lui dis-je gênée.

Il rit, et j'avoue que ça me détendait. Son sourire était poignant, tel un couteau que l'on pouvait prendre en plein cœur, ses dents étaient blanches comme jamais je n'en avais vues, il avait des cheveux mi-longs, bruns, rayonnants, et on pouvait parfois apercevoir aux éclats de la lumière des reflets caramel, et ses yeux... S'il pouvait arracher les miens pour m'offrir les siens, je le laisserais faire. Ils avaient la couleur de l'eau grise quand le vide s'emparait d'elle, un gris perçant dans lequel on pourrait se perdre tellement sa transparence est intouchable. Un homme réellement charmant.

— C'est grave si je vous demande votre âge ?

Il rit encore.

— J'ai vingt-deux ans. Je suis arrivé il y a deux ans.

— Ouf, ça va alors, vous avez un peu l'habitude, ce n'est pas comme si vous étiez nouveau !

— Oui voilà. Bien, passons aux choses sérieuses.

Je savais que ce moment-là allait arriver, je ne pouvais y échapper.

— OK, alors vous allez...

— Ça vous arrive souvent de vous amuser à tripoter les yeux d'une demoiselle... en détresse à cet instant précis si je puis me permettre, le coupai-je.

Il recula et rigola de nouveaux. Puis il me regarda.

— Vous savez... Si vous me faites rire comme ça, je ne vais pas pouvoir faire mon travail et vous risquez de perdre la vue !

— J'avais oublié, allez-y !

Puis je m'allongeai sur ce grand lit de fer, on aurait dit une morgue ! Il m'ouvrit les yeux bien en grand et, avec une seringue me préleva je ne sais quoi dans mon œil droit ainsi que dans le gauche.

— Aïe ! Ouille ! Ça fait horriblement mal !

— Et encore, vous n'êtes pas une chochotte, vous n'avez pas bougé d'un poil.

— Peut-être parce que vous êtes à la fois doux et rassurant.

Souriant il me dit :

— Bien, je vais aller voir ce que donnent les résultats, en attendant je vais vous reconduire à votre chambre.

— Monsieur !

— Jonathan, se retourna-t-il.

— Jonathan, repris-je, je peux vous poser une question ?

— Oui, je vous écoute.

— Quand un patient trouve qu'un infirmier ou une infirmière s'occupe bien de lui, est-ce qu'il peut demander qu'il s'occupe du patient jusqu'à temps qu'il s'en aille loin de cet endroit ? Vous savez, les hôpitaux, ce n'est pas mon truc, mais avec vous c'est différent, j'oublie que je suis ici quand on rigole, et puis, j'ai trouvé en vous un homme délicat qui sait ce qu'il fait. Je vous en prie, vous pouvez demander pour moi ? Après, si vous ne voulez pas vous occuper de moi, je comprendrais.

— D'après moi, vous allez rester là un petit moment, donc je peux demander, oui, me sourit-il.

— Merci beaucoup.

Mon Dieu, j'espère que mes yeux ne vont pas se volatiliser, je ne voudrais pas perdre aussi vite le visage de cet homme.

Mais qu'est-ce que je fais ? Plus il va s'occuper de moi plus je vais le voir, et me connaissant, plus je vais m'accrocher à lui ! Oh non !

Sur le chemin pour retourner dans ma chambre, je contemplais le couloir tellement sombre et désert que je pourrais même le décrire comme un cimetière, mais même un cimetière n'est pas aussi désert !

— Ça va ? me demanda-t-il.

Il devait voir mon regard fixé sur le nulle part.

— Oui oui, c'est juste que... Il y a des tournages de films en ce moment dans cet hôpital ?

— Non, rigola-t-il.

Décidément, c'était inné chez lui !

— Pourquoi ça ?

— On dirait un couloir dans les films d'horreur. Aussi sombre et sinistre, voilé par la peur, et les âmes touchées par la solitude d'être enfermées ici chaque jour, et pourtant un hôpital accueille des choses merveilleuses, les accouchements ou encore...

Je cherchais bien mais au fond dans un hôpital la seule chose de bien c'est ça, l'accouchement, il n'y avait rien d'autre. Je le regardais et continuais :

— Pour vous, ça doit pas être drôle non plus, n'est-ce pas ? C'est vrai, à part les accouchements, il n'y a rien de bien ici...

— Même les accouchements ne sont pas toujours beaux, il y a eu plusieurs décès de bébés dans cet hôpital, ils ont perdu la vie pour différentes raisons, mais j'aime ce que je fais, et j'aime aider les gens, et les demoiselles comme vous. Quand vous parlez, j'ai l'impression d'entendre un poète, vous exprimez tout ce que vous voyez avec une telle gratitude que je pourrais passer des heures à vous écouter, c'est tellement doux...

Ayant la tête baissée après ce qu'il m'avait appris sur les enfants décédés, je la relevai, là il avait touché le point faible, la sincérité, c'était le plus beau cadeau que l'on puisse m'offrir en cet instant déprimant.

— Merci... admis-je.

— Bon, eh bien nous voilà arrivés. Je vais voir ce que donnent les résultats pour vos yeux et je reviendrai vous voir après, d'accord ?

— Oui, d'accord, merci.

— À tout à l'heure.

Taylor était encore assis près de mon lit et m'attendait. Ainsi que ma mère.

— Alors ? me demandèrent-ils tous les deux.

— Il va voir ce que donnent les résultats et il revient me tenir au courant.

— Ça ne dure pas plus longtemps ? me demanda Taylor.

— Dis donc, c'est un beau garçon qui s'occupe de toi ! me fit remarquer ma mère.

— Et je lui ai demandé de s'occuper de moi jusqu'à temps que je m'en aille.

— Il a voulu ? me demanda-t-elle

— Oui parce que je lui ai dit que je n'étais pas fan des hôpitaux et qu'avec lui je me sentais en sécurité. C'est vrai il a mis un temps pour pouvoir me prélever les trucs dans mes yeux, parce qu'on rigolait.

— Et bah, c'est bien.

Pendant ce temps, du côté de Jonathan, je ne savais pas ce qu'il voyait par rapport à mes résultats.

Il alla chercher une de ses collègues et lui montra ceux-ci.

— Mais qu'est-ce que ça signifie? demanda-t-elle?

— Je ne sais pas mais c'est impossible, répondit-il.

— C'est pas impossible, intervint une autre qui venait juste d'arriver. C'est carrément inhumain, j'ai déjà vu ce genre de chose, mais seulement dans les films! C'est une régénération de globules, c'est comme si ces vaisseaux se régénéraient tous seuls!

— Tu veux dire que c'est une sorte de régénération cellulaire et que c'est comme si elle guérissait automatiquement, sans avoir besoin de guérisseur particulier? demanda Jonathan.

— Je ne sais pas exactement mais on dirait que son corps se régénère tout seul sans qu'elle en sache quoi que ce soit, mais ça, ça ne peut être dû qu'après une expérience extraordinaire, justifia-t-elle.

— Justement Chloé, l'infirmière qui avait questionné ma mère auparavant, m'a dit que la jeune fille était entrée en collision avec la tempête d'hier soir, enfin apparemment, elle était sur les rochers et elle lui est tombée dessus elle a failli y rester mais c'est un de ses amis qui l'aurait retrouvée inconsciente.

— Donc, c'est ça...

— Quoi? demanda Jonathan.

— Il y a eu un lien entre elles deux.

— T'es complètement malade, c'est dans les films que tu vois ça!

— Et tu m'expliques, alors, d'où ça vient tous ces faits extraordinaires?

— J'en sais rien mais c'est impossible qu'elle se régénère! Ce n'est pas humain!

— Je pense qu'on devrait les envoyer à un professionnel!

— Bonne idée, je m'en occupe.

Jonathan revint à ma chambre pour m'expliquer la suite.

— Je peux vous demander de sortir, demanda-t-il à Taylor et à ma mère.

Ils sortirent sans poser de questions.

— Qu'est-ce qu'il y a ? demandai-je.

— Joy, on pense que vous vous régénérez !

— Pardon ?

— Je vous explique, vous avez une régénération cellulaire, ce qui fait que les vaisseaux de vos yeux guérissent seuls et à une vitesse incroyable, et le problème c'est que scientifiquement ce n'est pas possible, mais pour en être sûrs nous allons les envoyer à un professionnel.

— Vous voulez dire que je me régénère sans avoir besoin de trucs médicaux ?

— Voilà, vous avez tout compris.

— Mais c'est impossible, y a que dans les films comme Heroes que tu vois ça !

— Je sais... C'est pour ça qu'on va envoyer les résultats à un scientifique. Ce qui veut dire... Que je vais devoir parler à votre maman.

— Pourquoi ?

— Vous allez devoir rester en observation pendant environ un mois, le temps que tout se termine, parce qu'on a remarqué que votre ouïe est également très développée.

Je le regardais avec des yeux écarquillés à un tel point que j'aurais pu me les faire sortir !

— Je dois craindre quoi de tout ça ?

— Franchement... Je n'en sais rien, vous êtes dans le doute total, et comme moi.

Oui, et le doute, en général, me fait serrer les poings, alors vite, que tout se termine !

Je voulais de l'irréel dans ma vie... J'étais alors servie !

Chapitre 7

RÉGÉNÉRATION OU DESTRUCTION

Le temps que Jonathan envoyait les prélèvements à un très bon scientifique situé à Toulouse, moi avec tout ça, je m'étais quand même endormie. Ma mère et Taylor étaient encore là et très fatigués. Jonathan alla parler à ma mère.

— Madame? Je peux vous parler quelques minutes? Votre fille va bien, mais des choses étranges se passent dans son corps, les résultats nous indiquent des choses que nous, infirmiers, ne pouvons pas comprendre et justifier, nous allons donc envoyer ses résultats à un scientifique qui, lui, pourra nous dire ce qu'il s'est réellement passé lors de la tempête.

— Ça veut dire quoi tout ça?

— Eh bien... Vous le dire ne serait pas raisonnable, encore moins si c'est faux.

— Je m'en fiche, je veux savoir.

— C'est réellement impossible.

— Jeune homme, c'est ma fille! s'énerva ma mère.

— Très bien.

Il la prit par le bras s'éloignant un peu :

— Avec les résultats que nous avons vus, votre fille a un style de régénération cellulaire si je puis dire, elle n'a besoin de rien pour guérir et guérit à une vitesse incroyable.

— Mais c'est...

— Impossible, c'est ce que j'essaie de vous dire.

— Bon, très bien, on doit faire quoi?

— Attendre le rapport du scientifique, lui seul peut nous éclairer. Je pense que vous devriez rentrer chez vous le temps que tout ça s'éclaircisse un peu plus.

— Oui, parce que je sature un peu, là.

— On vous tient au courant pour les événements, vous pouvez dire ça au jeune garçon là-bas, je prends soin d'elle, ne vous inquiétez pas.

— Oui d'accord, merci beaucoup.

— Avec plaisir, au revoir, conclut Jonathan.

— Viens, Taylor. On y va, on doit la laisser se reposer, nous n'en saurons pas plus pour le moment.

Jonathan me regardait dormir et une infirmière arriva derrière lui.

— Tu as dit quoi à sa mère? demanda-t-elle.

— Autant ne rien lui cacher, si c'est grave elle en saura déjà un peu et ne nous en voudra pas de ne rien lui avoir dit.

— Tu as raison, c'est une gamine qui a l'air d'être bien, et forte, je pense qu'il faut qu'on l'aide un maximum pour qu'elle s'en sorte.

— Elle doit s'en sortir... fit Jonathan d'un ton sec et décidé.

— Jonathan, reprit sa collègue, il faut te faire à l'idée qu'elle ne pourra peut-être pas en sortir vivante de cette histoire.

— Alors, c'est que je n'aurais pas fait mon travail correctement!

— Tu ne pourras pas t'en vouloir, tu fais déjà beaucoup pour elle.

— Si c'est ça ton état d'esprit dans ce métier, alors tu t'es trompée de voie.

Et il partit. Sa collègue, un peu contrariée, retourna la tête vers moi lorsqu'elle eut fini de regarder Jonathan partir, et, à sa grande surprise, elle put voir que je la regardais. Jonathan avait dit vrai, mon ouïe avait été largement développée car j'avais entendu toute la conversation. Mais pourquoi pas celle de maman et l'infirmière de tout à l'heure ?

La collègue de Jonathan retourna à son poste aussi vite que possible, ne m'adressant plus aucun regard.

Il était huit heures quand on entra dans ma chambre. Ma mère se tenait debout devant moi.

— Maman ? Ça va ?

— Chérie, je dois te parler.

— Bah, vas-y, dis-moi.

— Écoute, on doit partir. Si ton père manque trop de jours à son travail, il risque de perdre son job.

— Oui, je comprends, ne vous en faites pas pour moi, vous viendrez me chercher quand tout sera fini, ne t'inquiète pas. Et puis ça me rassure que vous soyez tous à la maison plutôt qu'ici. Allez-y, je préfère sincèrement.

— Oui, de toute manière, on n'a pas trop le choix, sinon on risque de tous perdre quelque chose... me fit-elle remarquer. On reviendra bientôt te chercher, ne t'inquiète pas tout sera bientôt fini...

Oh non maman, ce n'est que le début d'une aventure suicidaire...

Et elle m'embrassa sur le front.

À son tour, mon père vint m'embrasser également et me chuchotait de rester forte, que Taylor était là et que ce n'était pas comme si j'étais toute seule. Et puis il y avait Jonathan...

Et en dernier ma sœur.

— Prends bien soin de maman et papa, hein ? Écoute-les bien et sois gentille, tu ne leur fais pas de misère, je ne suis pas là pour surveiller.

— Oui... Je pouvais entendre dans sa voix la difficulté de parler lorsque les larmes lui bouchaient la gorge. Purdey avait une facilité à garder les larmes au fond d'elle, elle ne les sortait que quand elle ne pouvait vraiment pas les retenir, et quand il s'agit de quelqu'un de proche elle est souvent forte, mais là elle était consciente qu'elle ne me reverrait pas de sitôt...

— Je t'aime, me dit-elle avec enfin, l'eau de ses larmes au bord des yeux.

— Moi aussi... Fais attention à toi, d'accord, que je n'aie pas à m'inquiéter...

Elle me serra fort dans ses bras avant de disparaître avec mes parents dans l'ombre du couloir de l'hôpital...

Jonathan était là lorsque les adieux se sont manifestés, il entra après que ma sœur soit sortie.

— Ça va ? me demanda-t-il.

— J'ai déjà vécu pire, être loin d'eux, ce n'est pas ma première fois, mais dans ces conditions... je n'aime pas. Ça va être dur...

Jonathan me prit la main et voulut me dire quelque chose mais Taylor arriva à ce moment-là.

— Oups, je dérange ?

— Non non, j'allais simplement lui dire...

Et il se tourna vers moi :

— Je ne vous lâcherai pas d'une semelle, j'ai prévenu que c'était moi qui m'occupais de vous et personne d'autre. Vous vous en sortirez et je serai là pour vous aider à vous en sortir, je vous le promets.

À ces mots, un battement de mon cœur fut plus fort qu'un autre et, en l'espace d'une seconde, j'eus cru qu'il allait s'arrêter, non pas à cause des mots de Jonathan, mais par la douceur dont il me les avait prononcés. Un homme tel que lui ne l'aurait pas fait par peur.

— Merci...

Lui souriant avec les larmes que l'on pouvait voir glisser le long de mes joues.

Puis, surprise... Il m'embrassa le front et partit.

— Eh bien... Il te fait chaud au cœur on dirait, me fit remarquer Taylor.

Je lui souris sans le regarder.

— Ça va aller, t'inquiète pas, me dit-il.

— Et si ça allait être le contraire ? Si tout allait basculer encore une fois, si le malheur allait me retomber dessus comme quelques années en arrière ? J'en peux plus de vivre ça. Vivre, c'est dans la joie et dans la peine, OK ! Mais dans le contrat de naissance, je suis persuadée qu'on ne voit pas inscrit « sera malheureuse et malchanceuse tous les jours » !

Taylor me prit la main pour me calmer.

— Je suis là, ne t'en fais pas.

— Tu es là, oui, mais tu ne pourras pas m'aider à sortir de cette galère, je n'ai plus mes parents près de moi, et dis-toi que c'est peut-être la dernière fois que je les vois !

— Ne dis pas ça ! Tu marches ?

— Oui.

— Tu peux courir ?

— Oui, bien sûr !

— Tu respires ?

— Heureusement.

— Tu vois ?

— Pour le moment.

— Tu vois ?

— ... Oui.

— Tu entends ?

— Oui ! Trop bien, même.

— Bon alors !... Pourquoi tu mourrais !

— Je ne sais pas... Quelque chose me dit que ça peut arriver à n'importe quel moment !

— Oui, eh bien n'écoute pas cette chose, c'est clair ! Écoute ta raison, c'est elle qui te dira la vérité !

— C'est peut-être elle qui me dit ce que je pense.

— Tu m'énerves !

Jonathan fit rapidement son apparition dans la chambre pour m'annoncer quelque chose.

— On a les résultats du scientifique !

— Déjà ?

— Hé hé, c'est un rapide. C'est Monsieur Hollow, le plus grand scientifique de France. Il a examiné vos résultats et...

Il s'arrêta net.

— Et ?...

Il mit du temps avant de répondre.

— Jonathan ! Et quoi ?

— Elle avait raison...

— Quoi ? Qui avait raison ?

Jonathan me regarda avec anxiété.

— Vous me faites peur !

— Vous vous régénérez bien, en bref... vous êtes... indestructible.

— QUOI ? dis-je étonnée, avec Taylor.

Jonathan se mit à lire le compte-rendu de M. Hollow.

— Monsieur Hollow dit que, lorsque vous avez été en collision avec la tempête, celle-ci vous a injecté toutes sortes de cellules défensives, par les yeux plus principalement, c'est pour cela qu'ils étaient complètement éclatés. D'après lui, deux de vos cinq sens ont été touchés et ultra-développés, comme votre ouïe et votre vue.

— Mais je ne vois pas, bizarrement, pourtant.

— C'est la suite, votre nouvelle vue, d'après les résultats, ne se manifestera pas plus que votre ouïe, car elle ne vous servira pas énormément. En gros, ne vous attendez pas à voir la nuit comme un chat. Elle ne se manifestera que lorsqu'elle jugera que vous en aurez vraiment besoin, vous n'êtes pas une héroïne. Pour conclure, il faut que vous fassiez très attention à ce que vous voyez et entendez, car ce sont peut-être des cellules défensives, mais qui ne vous aideront pas forcément lorsque vous aurez des soucis. C'est elles qui coordonnent avec votre corps et se manifestent seulement quand c'est nécessaire, vous ne pouvez pas les contrôler.

— Génial ! lui dis-je. J'ai une question tout de même.

— Laquelle ?

— Ça veut dire quoi exactement ? Que je fasse attention à ce que je vois et à ce que j'entends ?

— Bah, il y a des choses dans la vie que l'on ne doit ni voir ni entendre, et pourtant on ne fait pas exprès.

— Et ça pourrait me détruire ?

— Vous détruire je ne sais pas, vous apporter des problèmes oui...

— Bon sang, si j'avais su, je me serai passée d'une virée sur les rochers !

— Le destin, sûrement... me fit remarquer Jonathan.

CHAPITRE 8

LE LIEN

LE DESTIN, je suis d'accord, mais de cette manière c'est tellement impossible que je ne veux même plus y penser.

Trois semaines à l'hôpital étaient passées, mes journées avec Jonathan avaient été parfaites, on rigolait et se regardait tels deux amoureux pendant leur voyage de noces, et pourtant rien ici ne valait ce que nous vivions, même si, malgré tout, il fallait être amoureux pour vivre cela, et je ne l'étais pas... Du moins pas lui.

— Je repars quand ?

— Chez vous ? Dans sûrement deux ou trois jours tout est presque terminé.

Et heureusement, pendant trois semaines je me suis fait faire transpercer les yeux par des seringues environ une bonne centaine de fois, ça avait été la pire folie de ma vie.

— J'ai pas envie de partir...

— Ah bon, et je croyais que plus vite tout se terminerait, mieux vous vous sentiriez ! rit-il.

— J'ai commencé à me sentir bien dans un hôpital lorsqu'un homme est arrivé pour prendre soin de moi...

Il me regardait avec ses yeux gris perturbants et me dévisageait comme si j'étais sa proie. Puis je continuai :

— Je suis bien ici, avec vous. Pendant trois semaines, malgré le mal que j'ai pu ressentir et subir, j'ai pu découvrir la complicité d'une patiente et d'un infirmier... Vous m'avez fait oublier que j'étais dans un hôpital pour me faire tripoter les yeux ! Vous m'avez fait voyager au centre de votre monde et j'en ai fait de même rien qu'en vous parlant avec la douceur d'un poète. Si je pouvais, je demanderais de souffrir encore pour rester à vos côtés.

Le peu de mots que j'avais prononcés rendaient Jonathan pâle.

— Tout va bien ? lui demandai-je.

— C'est-à-dire que... Justement, ce sont la douceur de vos mots qui me rendent comme ça, vous êtes tellement poétique et à la fois sincère...

— Tout comme vous.

— Poétique, pas vraiment...

— Mais sincère. Pendant mes moments de détresse c'est ce qui me touchait le plus. Votre sincérité ! Je ne peux dire ça, mais... je m'en voudrais de ne pas vous l'avoir dit avant de partir.

— Alors attendez de partir pour me le dire. Je préfère ressentir le vent de vos mots quand je verrai votre visage s'envoler.

— Mais les maux que je ressentirai, moi, n'atteindront jamais les sommets de la douleur, tellement j'aurais mal. Ce serait presque envoûtant de vivre avec juste pour pur bonheur, l'odeur de votre cou sur le bout de mes lèvres.

— C'est tellement beau... Et vous faites ça avec tellement de douceur. Comment faites-vous ?

Je souris, voulus m'approcher de lui pour lui donner ce que toute femme attend d'un homme... mais...

Mais... Taylor brisa le moment parfait.

— Salut mademoiselle, et monsieur.

— Bonjour jeune homme, répondit Jonathan.

— Ça va ? me demanda-t-il en embrassant mon front.

— Oui, très bien, excusez-moi vous deux, mais je suis fatiguée, je vais aller me reposer.

Ils se regardèrent avec un regard à chacun complètement débile, on aurait dit que je n'appartenais qu'à un seul d'entre eux. Mais je préfère tellement ne pas choisir qu'il me serait difficile de le faire si on me le demandait. Mais je sais que jamais ça n'arrivera...

— Alors, commença Taylor, elle va bien? demanda-t-il à Jonathan.

— Oui, ça va un peu mieux on va dire, c'est une jeune fille très forte.

— Très forte mais très sensible... Elle a déjà souffert avec un homme qui pourtant l'aimait, alors je pense qu'elle ne fera pas deux fois la même bêtise. Elle n'en aura pas le courage.

— Qui était cet homme? Et quelle bêtise?

— Un garçon fasciné par la beauté de sa belle quand, à ses côtés, elle se réveillait face à la lumière du crépuscule, là où toute la splendeur de celle-ci faisait rétrécir ses pupilles dilatées par la sombre lumière d'auparavant.

— Vous parlez tous comme ça?

— Comment? demanda Taylor.

— Bah... D'une manière poétique très bien pratiquée...

— Je ne sais pas, c'est tellement beau.

— Et sinon, que lui a fait cet homme?

Taylor baissa la tête et enchaîna.

— Il n'eut pas la force qu'elle avait elle, de vouloir rester à ces côtés même si la distance les séparait.

Puis il se leva et commença à partir.

— Elle ne souffrira pas deux fois avec un homme loin d'elle. Elle aura la force de le garder, mais pas celle de se demander si lui l'aura...

Jonathan ne comprenait pas tout, même si, au fond, il n'était pas si bête pour comprendre que Taylor parlait de lui-même en lui disant de ne pas tomber amoureux de moi. Il voulait le prévenir, cependant il s'interrogea sur la personne qui m'avait fait souffrir autant, et voulut réellement comprendre que c'était Taylor.

— Hé !

Taylor se retourna.

— C'était qui, le garçon qui l'a fait souffrir ?

— Pourquoi diable voulez-vous savoir ça ?

— Je veux comprendre d'où viennent également ses pulsions qui lui font battre le cœur à cent quatre-vingt-dix la nuit. C'est peut-être cela...

— Quatre-vingt-dix ?

— Oui, c'est incroyable qu'elle soit encore là, et pourtant c'est toutes les nuits comme ça...

— Impossible.

— Alors c'était qui ? répéta Jonathan.

— Moi...

Jonathan se stoppa net et redevint pâle. Mais là, il serrait les points...

— Qu'est-ce que vous me faites ? Une crise de nerfs ?

— Comment as-tu pu la rendre malheureuse ?

— Quoi ?

— Comment as-tu pu la rendre aussi seule alors qu'elle avait besoin de toi dans les pires moments !

— Loin d'elle j'aurais fait quoi ? Vous m'expliquez !

— Même loin d'elle, moi j'aurais tout fait pour la rendre heureuse et lui faire vivre la plus belle des vies !

— Oh je vois... Désolé, je n'ai pas cette facilité, moi.

— Et pourtant, tu viens la voir tous les jours sans exception ! Tu la regardes quand elle dort d'une manière presque provocante... Avoue que tu l'aimes encore !

— De quoi je me mêle ? Vous voulez quoi en fait, vous ? Savoir si je l'aime encore ? Pour que si j'avoue le contraire vous allez lui sauter dessus !

— Je ne suis pas comme ça, moi.

— Moi non plus, je n'étais pas comme ça, et pourtant j'ai changé.

J'étais là-haut, derrière les vitres du couloir de ma chambre et avais écouté toute leur conversation grâce à mon ouïe.

Était-ce une chose que je n'aurais pas dû entendre?

Taylor avait changé, il n'y avait aucun doute, mais certaines choses m'empêchaient de découvrir ce qui l'avait fait changer aussi vite et aussi bizarrement. Son corps était plus musclé et plus mat qu'avant, le dernier été où je l'avais vu datait de l'année dernière, il était si maigre et un peu plus blanc et avait des cheveux mi-longs, bruns, tout comme Jonathan, mais avec des reflets noirs, et aujourd'hui ils sont courts, coiffure banale, mais venant de lui c'était toujours plus resplendissant.

En peu de temps, il s'était métamorphosé en quelqu'un de tellement plus différent, mais j'ignorais encore jusqu'à quel point...

Il vint me voir dans ma chambre avec un sourire béat. On aurait dit qu'il s'était battu avec Jonathan et avait gagné.

— Pourquoi tu ris comme un imbécile?

— Quoi? Qu'est-ce que j'ai encore fait?

— On discutait avec Jonathan et tu nous as dérangés!

— Fallait le dire, mais dis-moi, n'aurais-je pas raison si je te disais que tu es tombée amoureuse de lui?

— Va te faire foutre Taylor, t'es vraiment con! T'as changé et je me demande même si ce n'était pas le Taylor d'avant dont j'étais amoureuse!

— Ou peut-être que, vu que Monsieur Jonathan t'a ouvert son cœur, ce n'est plus d'actualité.

— Il ne m'a pas ouvert son cœur! Il m'a aidée à m'en sortir, nuance. Mais toi, à part ta personnalité, c'est tout ce qui compte. Tu ne sais parler que de toi et de tes projets glorieusement réussis. Alors que moi, je n'ai fait que des choses funestement ratées. Nous ne sommes pas pareils, du moins plus depuis que tu as changé ! Et j'ignore encore pourquoi tu as changé tant que ça !

— Les gens changent d'année en année.

— Oui, mais aussi mystérieusement que ça, je demande à voir. Et si tu me disais pourquoi et comment tu as changé comme ça...

— Je ne peux pas.

— Comment ça, tu ne peux pas ! T'es quoi, un super héros, quelqu'un de dangereux ? Et moi je suis quoi ?

— Je ne peux rien te dire, je suis désolé.

— Tu en sais plus sur moi que moi j'en sais sur toi. Tu as décidé de me cacher des choses...

— Non !

— Tu n'es plus celui d'avant. Je ne veux plus te voir, tu me mens, tu te fiches de moi alors pourquoi rester en contact avec quelqu'un qui ne sait pas affronter la réalité en avouant ce qu'il est à celle qu'il aime. Ou peut-être que tu ne m'aimes pas en fin de compte, c'est de la comédie... Du passé !

Mon cœur battait de plus en plus fort. Était-ce la douleur de ce que je disais ou la douleur de ce que je ressentais ?

— C'est vraiment ce que tu veux ?

Je ne disais rien...

— Alors, si telle est ta décision, je m'en vais et je ne reviendrai plus.

Mes larmes voulaient à tout prix s'évacuer, mais je les retins, et d'un ton sûr, je lui répondis, même si je ne voulais pas penser ce que j'allais dire :

— Je t'ai aimé Taylor... Mais oui, c'est ce que je veux... Je veux que tu t'en ailles.

— Je vois... Alors adieu, Joy... et... ne me remercie pas de t'avoir sauvée...

Il partit... Et lorsque mes larmes coulèrent, je ne pus croire qu'elles étaient aussi puissantes qu'une cascade.

Jonathan arriva dans la chambre.

— Oups... Ça ne va pas?

Je m'essuyais les yeux encore trop fragiles pour subir une telle folie de larmes.

— Joy? Tout va bien?

— Je n'en suis pas si sûre.

— Je préfère vous dire qu'avec les larmes que je vois couler sur vos joues je ne suis pas sûr que ça aille fort.

— Il est parti... Je l'ai fichu dehors.

— Qui?

— Taylor.

— Quoi, le mec de tout à l'heure? Non mais, il ne vaut rien, lui... Il m'a tout dit, vous savez.

— Qu'est-ce qu'il vous a dit?

— Votre histoire d'amour, ce que vous avez vécu.

Je me remis à pleurer.

— Je sais ce que vous éprouvez... Mais il faut que vous tourniez la page avec ce type, il ne vaut rien pour vous. Il vous a menti, et vous ment encore!

En y réfléchissant bien, il disait vrai comme beaucoup qui me l'ont dit avant lui.

— Je vais vous ramener chez vous.

La fin de la folie à l'hôpital était terminée puisque Jonathan me ramenait chez moi à la résidence.

Lorsque nous arrivâmes devant la maison, tout le monde était là, ma mère, mon père et ma sœur.

Je sortis de la voiture pour courir vers eux et les enlacer fortement. Et je me retournai vers Jonathan qui faisait une tête beaucoup trop triste pour moi. Je m'avançai vers lui et lui dis :

— On se reverra, n'est-ce pas?

— Oui, peut-être un jour.

— Je veux en être sûre.

— Si je pouvais vous le garantir je le ferais, mais le destin est tracé mystérieusement et sans que nous en sachions quoi que ce soit... Donc je ne peux rien vous promettre.

— Tutoyez-moi s'il vous plaît, vous n'êtes plus en service à l'hôpital...

Puis je baissai la tête, réfléchis, puis repris :

— Je n'oublierai jamais ça.

— Quoi donc?

— Votre sincérité.

Nous nous regardions, et, tournant la tête vers mes parents, ceux-ci comprirent vite ce que je leur demandais. Ils rentrèrent dans la maison, et je me retournais face à Jonathan, les yeux dans les yeux, et, perdue dans le gris envoûtant de ses yeux, je l'embrassai avec tendresse et douceur, un baiser que je voulais garder toute ma vie, un baiser impossible une deuxième fois... Je l'aimais, mais encore une fois, la distance nous aurait trahis comme elle l'a fait pour Taylor et moi.

— Je t'aime, lui murmurai-je.

— Je t'aime, renchérit-il.

— Je ne t'oublierai jamais, je te le promets!

— Je te crois. Et sache que moi non plus.

Puis il m'embrassa une dernière fois avant de passer la douloureuse sortie de la résidence.

Je n'oublierai jamais les derniers mots qu'il m'avait chuchotés.

Je me retournai pour rentrer, mais surprise...

CHAPITRE 9

RETROUVAILLES

LE VISAGE de cet homme, je le connaissais par cœur, une mâchoire creuse prête à recevoir n'importe quel coup, des yeux bleus et des cheveux châtain foncé, et un corps musclé grâce à son métier. J'avais pu vivre avec lui une amitié renversante.

Depuis six ans, sa personnalité, son sourire, et tout le reste, je les connaissais comme les cinq doigts de ma main et lui, il savait tout ce que je pensais à n'importe quel moment... Autant ne rien lui cacher.

— Jérémy ! Mon Dieu, qu'est-ce que tu fais là ?

Je courais vers lui, j'étais tellement contente de le revoir que je lui sautai même dans les bras.

— Salut ma puce. Comment tu vas ?

— Maintenant que je te vois, tu n'imagines même pas à quel point je suis heureuse !

— Moi aussi ! Mais qu'est-ce que tu fais là ?

— On est venus passer un week-end ici... Mais il ne s'est pas passé comme prévu...

— Comment ça ?

— L'homme que tu viens de voir partir était un infirmier, il me ramenait de l'hôpital, ça fait trois semaines que j'y étais.

— Lequel, celui de maintenant là ?

— Oui, pourquoi ?

— J'aurai juré que tu l'avais embrassé.

Je baissai la tête.

— C'est bon, je rigole. Qu'est-ce qui t'es arrivé?

— C'est une longue histoire... Je suis allée me balader sur les rochers et... Je me suis pris une tempête en pleine figure, et j'ai failli y passer.

— Combien de fois je t'ai dit de faire gaffe?

— Je sais mais je te jure tout allait bien mais elle est arrivée comme ça de nulle part!

— Et c'est qui, qui t'a retrouvée?

— Euh... Tay... Taylor...

— Imbécile, et il a fait quoi?

— Il m'a ramenée chez lui et après avoir vu quelques choses dangereuses, il m'a ramenée ici chez mes parents.

— Pff quel piaf! C'était quoi les choses dangereuses?

— Bah... Rien, juste la crève et tout, je me suis chopé une merde, c'est pour ça que je suis restée en examen à l'hôpital trois semaines.

— Trois semaines? Tu te foutrais pas un peu de moi, là?

— Non, pourquoi?

— OK... Mais je saurai la vérité, tu le sais!

— Hum hum... Je te le dis, c'est vrai.

— Oui oui, on verra ça, me fit-il d'un ton exagéré. Bon, j'ai quelques petites courses à faire, je reviens. Tu pars quand?

— Euh, demain, mon père est crevé et veut se reposer.

— On ira faire un tour tout à l'heure si tu peux.

— Oui, pas trop loin, avec ce qui m'est arrivé, mes parents ne doivent plus être très rassurés.

— Oui oui, il n'y a pas de soucis.

Il partit, et je ne le revis que le soir quand il rentra à la résidence vers dix-neuf heures et quelques.

Je sortis et le rejoignis.

— On va faire un tour?

— Toi et moi, faut qu'on parle !

— Bah, on va faire un tour, avant qu'il fasse nuit et qu'on ne soit condamnés à rester ici !

Il m'attrapa par le bras et me tira vers la sortie de la résidence.

— Aïe, Jérémy tu me fais mal !

— Pourquoi tu m'as menti !

— Quoi ?

— Pourquoi tu m'as menti ? T'as eu peur que je fasse quoi ?

— Mais tu parles de quoi ?

— De ton soi-disant rhume à cause de la tempête.

Je ne bronchai pas et eus les larmes qui montaient dans mon corps et qui finirent par sortir de mes yeux.

— Je ne voulais pas que tu t'inquiètes...

— Et les marques sous tes yeux, tu crois que je les ai pas vues ?

— Tu n'étais pas censé les voir.

— Mais je les ai vues ! Mais qu'est-ce que t'as foutu, bon sang, pourquoi tu es allée sur ces rochers ?

— Tu sais très bien qu'il n'y a que là-bas que je me sens bien ! Tu sais tout ce qui est né et mort sur ces rochers ! Et puis comment t'es au courant d'abord ?

— L'hôpital, enfin... ton infirmier m'a tout dit !

— Il n'avait pas le droit.

— Avec moi il n'a pas eu le choix, tu t'en doutes...

— Tu ne lui as rien fait ?

— Mais non ! Je m'inquiète, tu sais...

— De quoi ? De croire que je deviens une arme indestructible.

— Mais arrête.

Je me mis à pleurer de plus en plus.

— J'ai encore un cœur, tu sais ! Mes poumons, largement endommagés, et j'ai encore une vie au fond de moi, et crois-moi, ce n'est pas celle que j'avais choisie ! Je ne voulais pas devenir une fille différente, même si au fond, je le suis un peu... Je voulais par-dessus tout réaliser mon rêve, mais avec ces nouveaux handicaps je vais faire comment, tu m'expliques ?

— Tu pourras toujours.

— Et comment ? Si je me fais mal, et qu'on veut me soigner, mais que tout va se ressouder seul, ce ne sont pas des phénomènes qu'on voit dans la réalité !

— C'est bien le but de ton rêve ?

— Quoi ?

— De faire de l'irréel.

— Mais dans les films ! Je ne veux pas qu'on se serve de mes dons pour faire un film, parce que ça va se savoir dans le monde entier, et devenir une bête de cirque ou encore un phénomène mondial ce n'est pas pour moi ! Je voulais même pas faire des films pour être célèbre... C'est ma passion c'est tout. Je veux juste vivre mon rêve chaque seconde de ma vie, je n'ai jamais rien demandé de plus...

Jérémy me regardait, comprenant que je ne voulais devenir actrice seulement pour vivre ma passion, mais avec tout ce qui arrivait... Tout me décourageait, et je me posais décidément plus de questions que d'habitude... Allais-je y arriver ?

Taylor était parti, mon corps avait largement changé, mon avenir était bien endommagé...

Cette nuit-là, je rêvai, il semblait que c'était à l'occasion du retour chez moi. Lors d'un arrêt sur une aire de repos, j'avais le sentiment que les arbres formaient des allées créant un labyrinthe dont la sortie était improbable.

L'herbe, quant à elle, était sèche, comme si j'avais découvert une terre morte depuis des millions d'années.

Je m'enfonçais de plus en plus dans le paysage, disparaissant peu à peu, pour me perdre dans cet angoissant tableau.

Le réveil avait sonné, j'ouvris les yeux encore et toujours difficilement. Le scientifique Monsieur Hollow avait oublié de préciser que j'allais avoir sûrement mal souvent avant que j'y sois réellement habituée.

Six heures, oh mon Dieu, c'est vrai que j'étais revenue au monde réel, même si j'y étais tous les jours de ma vie... Mais les rêves c'est... presque tout ce que j'aime. Des choses fausses, mais qui peuvent arriver à n'importe quel moment de notre vie...

Bref, fallait peut-être que je me lève.

Mon père m'emmena au lycée que je n'avais pas vu depuis maintenant trois semaines, j'étais avec ma valise et appréhendais la visite de mes amis. À ce moment-là, la personne que j'aurais voulu voir c'était Jonathan. Il me manquait énormément, j'en avais même les larmes aux yeux. Et le pire dans tout ça, c'est que je n'avais même pas pris son numéro de portable pour pouvoir l'appeler de temps en temps.

À cet instant, je mettais la capuche de mon pull pour pouvoir cacher mon visage, tout le monde allait remarquer les marques sur les bords de mes yeux, et tout le monde allait alors me poser des questions... « Comment tu as fait ça? Pourquoi? Où? », et patati et patata. Je n'avais vraiment pas envie de subir cela. Pas aujourd'hui, ni demain... Jamais. Je voulais disparaître, ne plus exister jusqu'à la fin des temps.

Je voulais que l'on me laisse en paix avec mes rêves.

Puis, une main devant mon visage me fit arrêter de penser.

— Ça va, Joy? me demanda mon amie Julie accompagnée de Mèle à côté d'elle.

Elles s'accroupirent toutes deux à côté de moi et me regardèrent viser la route du regard.

— Pourquoi tu n'étais pas là pendant trois semaines?

— T'as même pas donné de nouvelles, fit Mèle. On s'est vachement inquiétées !

Mais je ne répondis pas.

— Joy, me fit Julie.

Toujours rien.

Julie fit un bref regard à Mèle, cette dernière me posa la main sur mon bras que je saisis aussitôt de peur.

— Aïe ! cria Mèle.

Je n'ouvris même pas la bouche pour m'excuser tellement l'envie de parler ne m'inspirait pas du tout.

— Écoute, Joy... Si tu veux qu'on t'aide, il va falloir que tu nous dises quelques mots, me dit Julie. T'es pas un livre ouvert quand il s'agit de parler de tes soucis, il va donc être difficile pour nous de te déchiffrer, on ne lit pas dans les pensées...

Je ne parlais toujours pas. Je ne voulais pas qu'elles sachent mes soucis, qu'elles sachent ma vie de A à Z, je voulais les laisser en dehors de cela, elles étaient mes amies, et les faire souffrir ne serait pas digne de moi.

— Viens, on la laisse, elle dira rien, Julie.

— Joy, je n'aime pas te voir comme ça, tu sais et...

À son regard, j'ai pu constater qu'elle avait remarqué les traces sur mes yeux. Le jour s'était à peine levé mais les imitations de veines de couleur blanche éclairaient mon visage, ce qu'elle remarqua rapidement.

— Joy... Qu'est-ce qui t'es arrivé ? T'es pas aveugle, t'as su qui on était ?

Je la regardais pour qu'elle voie dans mes yeux que j'allais presque bien et que oui, je savais qui elles étaient.

— Je t'en prie, dis-moi ce qui s'est passé... Mèle regarde ses yeux !

— Merde... C'est quoi ? Comment tu as fait ça, Joy !

Mais je ne bronchais toujours pas, et puis j'avais décidé de ne plus parler, de ne plus rien dire, de me taire jusqu'à ce que je redevienne comme avant...

CHAPITRE 10

DÉPRESSION

JE VOULAIS qu'on me laisse, je voulais qu'on m'oublie et qu'on m'offre un monde meilleur.

Mais personne n'a vraiment pris compte de mes souhaits, et je savais, je me doutais qu'un jour... ça me tuerait.

J'allais mettre ma valise à la bagagerie, et partis, pas pour aller en cours... j'avais bien l'intention de sécher toute la journée et de ne pas rentrer à l'internat ce soir...

Il y a onze ans, tout était encore si parfait, ma vie, mes rêves, tout était si magique, mais tout est devenu en si peu de temps un cauchemar, on ne pouvait plus voir dans mes yeux une petite fille heureuse... On ne pouvait que voir une gamine perturbée par des déménagements et un, en particulier, qui l'a séparée de sa famille, de tous ceux qui, même pour son âge, la rendaient forte, et puis, plus le temps passait, plus mes jours se détruisaient, ils devenaient des cercueils qui enterraient ma vie de petite fille, je suis devenue une adolescente qui n'avait jamais rien demandé, qui n'avait jamais fait de mal à personne, qui voulait juste vivre dans son monde, et pourtant, la réalité reprit le dessus, chaque jour elle me torturait, elle me tuait, gardant avec elle tous mes bonheurs, mes souvenirs les plus joyeux, ne me faisant vivre que l'horreur. Au collège, tout le monde me faisait des misères et pas les plus nuls. On touchait mes points faibles pour me rendre plus mal et pouvoir m'insulter encore plus sans que je sache me défendre.

Les larmes ne cessaient de couler, et mon cœur, malheureusement, ne cessait de battre, je perdais tout au fur et à mesure du temps, je n'en pouvais plus et mon problème quand je déprime, c'est que tout plein de questions me reviennent, et voilà que je me les repose encore, je réfléchis jusqu'à continuer à faire des cauchemars...

Je ne pouvais pas sécher les cours, pourquoi?

Parce que je me mettrais trop en valeur vis-à-vis de mon entourage et, par rapport à mes parents, je crois que je les ai beaucoup trop fait souffrir depuis mon accident. Et je ne veux pas recommencer, après tout, ce n'est pas dans ma nature de me dévoiler, de me montrer pour que l'on s'occupe de moi, même dans mes moments de détresse, c'est juste que je ne suis pas assez discrète, voilà tout...

Bref, j'allais dans mon cours de vente, « génial » de bon matin. Deux heures!

— Ah, vous revoilà parmi nous mademoiselle Lenz! me fit ma professeur de vente madame Ania.

Une très bonne prof de vente qui jamais ne crie... Le bonheur. Mais je ne répondais pas.

— Bien, continua-t-elle, nous allons continuer les cours, et rappelez-vous que dans à peu près trois mois vous avez votre oral!

Oh, c'est vrai, ce fameux oral, le tout premier! J'allais le passer le cinq décembre, quelques semaines avant les vacances de Noël. Nous étions déjà le quinze octobre deux mille neuf, eh bien! Un mois a passé depuis la rentrée... Et pourtant, un jour avait déjà passé, et j'étais de nouveau ici, où froid et misère règnent en ce moment.

Je reçus un petit coup dans le dos et un mot venant de Mèle qui me le passait.

Je l'ouvris et pouvais voir noté : « *Joy, si tu as besoin, tu sais que nous sommes là avec Julie! Je t'en prie, si tu ne veux pas parler, réponds au moins en écrivant! Je t'aime* ».

Je répondis alors. « *Je vais bien, ne t'en fais pas* ». Et sans me retourner, je lui passai en penchant seulement le bras.

Elle l'ouvrit mais n'écrivit pas, et me chuchota :

— T'es vraiment égoïste, Joy, on te dit tout avec Julie.

Je lui arrachai le papier de la main pour écrire de nouveau. « *Si je ne dis rien, c'est parce que c'est bien trop horrible, on se dit peut-être tout, mais des choses ne vous concernent pas, et surtout ce genre de choses, je vous épargne beaucoup en ne disant rien, crois-moi!* ».

Et je lui redonnai. Elle tapa du poing sur la table.

— Tu m'énerves, franchement tu m'énerves.

Mais à ce moment-là je ne pouvais plus tenir, les larmes me remontaient, et je me levai lui criant :

— Si je t'énerve tant que ça, alors pourquoi tu cherches encore à savoir ce que j'ai? Ne me parle plus je t'épargnerai de t'énerver! Mais arrête de tout le temps vouloir tout savoir, parce que si tu savais ce qui m'est arrivé là, tu ne dirais plus rien parce que tu serais tellement choquée tu comprendrais mon souhait de ne rien dire, Mèle! Alors laisse-moi, OK?

Mèle ne disait plus rien, même la prof était encore muette et stoïque. Tout le monde me regardait, et en particulier les yeux...

Oh non, pas les yeux. Je courus pour sortir du cours. Même dans le couloir, j'étais déboussolée, ne savais plus où j'allais, et tout à coup je me suis tamponnée avec quelqu'un...

— Joy, ça va?

Nicolas... Je m'effondrai dans ses bras tombant sur le sol en pleurant encore et encore, il me retint et m'allongea doucement.

— À l'aide! Venez m'aider!

Ma prof sortit de la salle, apeurée, avec monsieur Jougue, mon autre prof de vente qui avait entendu les cris de Nicolas, madame Ania disait à Nicolas d'aller chercher une surveillante de l'établissement. D'autres profs sortirent de leur salle, curieux.

— Jonathan, murmurai-je déboussolée...

— Ça va aller Joy, ça va aller.

— Où est Jonathan? Y a que lui qui peut me piquer...

Madame Ania ne comprenait pas.

— Qu'as-tu dit?

— Mes yeux... Seul Jonathan peut me les piquer.

Elle regarda Mèle pour savoir si elle savait quelque chose.

— Je ne sais rien, Madame, elle ne veut rien dire!

— Joy, écoute-moi, pourquoi on doit te piquer les yeux?

— Avec la seringue, il faut me piquer les yeux avec la seringue...

— Je ne comprends pas, pourquoi?

Mais je ne répondis plus, je m'étais évanouie quelques petites minutes.

Lorsque je revins à moi, seuls, Nicolas, Mèle et ma prof étaient là.

Clignant des yeux, je les vis et me redressai un peu.

— Comment tu te sens? me demanda madame Ania.

— Qu'est-ce qui s'est passé?

— Tu t'es évanouie.

— Oh ma tête...

— Vous pouvez nous laisser seules un moment, demanda ma prof à Mèle et Nicolas.

Puis ils partirent dans la salle de cours.

— Bien, il faut que nous parlions, Joy.

— De quoi?

— De ce que tu as mentionné quand tu étais à moitié endormie.

— Qu'est-ce que j'ai dit?

— Qui est Jonathan? Et pourquoi doit-il te piquer les yeux?

Oh non, j'en avais parlé ne serait-ce que le temps de deux secondes, c'était fini, j'étais grillée, je devais en parler...

— Joy?

— Euh... Pfff. C'est très long Madame.

— Je veux savoir.

— Vous devez me promettre sur la vie de vos enfants, tout ce qui est cher à vos yeux, de ne rien répéter, et vous retirez vos chaussures que je voie si vous ne croisez pas les doigts de pied!

— C'est ridicule, voyons.

— Je ne dirai rien sinon.

— Très bien...

Elle le fit.

— Alors, je vous promets, Joy, de ne rien répéter.

J'hésitai, puis décidai de me lancer.

— Il y a quatre semaines, mes parents, ma sœur et moi, sommes partis en week-end au bord de la mer en Charente-Maritime. Une région que je connais comme les cinq doigts de ma main depuis mon plus jeune âge. Le soir, et, même la journée, j'ai pour habitude d'aller me balader seule sur les rochers pas loin de la résidence ou mes grands-parents louent l'été. Mais ce soir-là, une tempête s'est préparée et je n'ai rien vu... Puis elle m'est tombée dessus, j'ai failli y passer mais un ami, que je connais depuis quatre ans qui habite là-bas, m'a retrouvée inconsciente sur les rochers. Il m'a ramenée chez lui le temps que je me réveille, et a remarqué une chose très étrange... Mes yeux, ils n'étaient pas comme vous les voyez maintenant avec des traces qui ressemblent à des veines blanches sur le bord de ceux-ci, mais j'avais des poches d'un noir hallucinant qui gisaient dessous, et le blanc de mes yeux était rouge ne laissant aucune trace du blanc. On m'a emmenée à l'hôpital et... C'est là que tout a dérapé. Les infirmiers se sont rendu compte que ce qui avait rendu mes yeux comme cela n'était pas réellement le sel, le sable ou l'eau... Mais c'est leurs composants...

J'hésitais pour la suite.

— Continuez...

— Madame, ne m'obligez pas...

— Joy...

— Bref, leurs composants m'ont fourni des sortes de globules défensives... Les résultats ont été envoyés à un scientifique très doué, et il nous a renvoyé son compte-rendu de ces manifestations bizarres. D'après lui, lors de la collision avec la tempête, et avec tout ce que j'ai reçu en pleine face, certains globules de mon corps se sont reliés, formant des couples parfois même plus, et avec cela, deux de mes cinq sens se sont ultra-développés... Mes yeux et mes oreilles. Mes yeux ne voient que ce qu'ils jugent bon de voir, des choses importantes ou autres, les images repasseront en boucle dans mon esprit pour me donner une alerte, tandis qu'avec mon ouïe, je peux entendre n'importe quelle conversation jusqu'à deux cents mètres... Donc, je vous conseille de ne rien révéler...

— C'est très...

— Bizarre ?

— Ce n'est pas le mot... C'est très... scientifique.

— Si vous voulez. Mais ne dites rien, vous savez que je suis une fille normale et que je ne voulais pas tout cela... Je voulais juste une vie normale, et réaliser mon rêve.

— Oui, bien sûr, je sais tout cela. Ça restera confidentiel. Ne vous inquiétez pas.

Puis nous rentrâmes dans la salle.

CHAPITRE 11

ACCIDENT

DEPUIS que j'avais parlé à ma professeur, j'avais l'impression que ça faisait quelque chose en moins sur le cœur, mais au final... rien n'avait changé, juste une personne en plus dans ma vie savait ma mésaventure, simplement...

Mais quelque chose de trop lourd avait quand même disparu de sur mon cœur.

Ce soir-là, comme souvent, mes pensées étaient pleines et profondes. Julie me parlait, mais j'entendais la moitié de ses mots.

Puis, quand j'eus pris ma douche, je me mis à l'aise dans mon lit, et m'endormis rapidement.

Et voilà que le voyage au centre de mon univers commençait...

Cette nuit-là, et, pour la première fois de ma vie, je rêvais d'un garçon, mais, tout bizarrement inconnu, son visage ne me disait rien, je ne le connaissais pas du tout.

Toute la nuit j'avais rêvé de lui, et à mon réveil, j'étais intriguée plus que jamais. Toute la journée j'y avais pensé. En plus, il était plutôt beau, enfin ça, peu importe, mais il m'avait tapé dans l'œil...

Mardi se déroula rapidement, je crois que de ne penser à rien, et seulement à cet homme, avait fait défiler la journée, telle que les aiguilles auraient tourné à une vitesse inouïe.

Puis une nuit de plus, mais à ne rêver de rien... Bizarre, ou peut-être encourageant.

Le mercredi matin se passa tout banalement, et j'allais passer mon après-midi avec Tony! Mon petit frère de cœur. Un garçon dont la peau était recouverte de la couleur opposée à la mienne, un petit chocolat au lait à croquer! Une personnalité magique, et avec qui je ne cessais de m'éclater. Aujourd'hui, comme tous les mercredis après-midi, il venait me chercher devant le lycée à moto, une moto qui était à mon goût, elle était recouverte de bleu et de noir, mes deux couleurs préférées.

J'attendais son arrivée, nous allions faire sûrement un petit tour en ville, puis ensuite allions peut-être rentrer chez lui se regarder un film, comme toujours, ou alors jouer à la Play station. Des occupations de garçons mais que j'appréciais en sa présence.

Puis, enfin je le vis arriver.

Il s'arrêta, retira son casque pour me faire la bise.

— Salut! Ça va? Je suis trop contente de te voir! m'exclamai-je.

— Oui! Ça va et toi?

— Oui! Allez, on y va, le temps passe trop vite en ce moment pour perdre du temps!

J'enfilai mon casque et montai sur la moto, puis nous voilà partis droit devant, direction la ville.

Tony me parlait par-dessous son casque pour me faire part de quelque chose.

— Quoi? Qu'est-ce que tu as dit? lui criai-je.

— Y a un truc qui me gêne sur la moto, elle fait un bruit bizarre et je ne sais pas d'où ça vient!

C'est enfin ce que je compris. Manquait plus que l'on se casse la figure! Tony n'était pas assuré pour ce qui s'agissait de prendre une personne sur la moto.

— On devrait peut-être rentrer chez toi, et éviter de prendre des risques, tu ne crois pas? lui demandai-je.

— Tu as raison, on se passera d'une virée en ville pour aujourd'hui.

Puis il bifurqua sur une route qui allait nous ramener vers chez lui.

— Tu es sûr que l'on va tenir jusqu'à chez toi? Tu ne veux pas qu'on appelle ta mère?

— Non, c'est bon, je veux savoir d'où vient ce bruit.

Je le vis qui baissait la tête pour voir d'où venait le bruit ne regardant pas la route.

— Tony regarde la route s'il te plaît!

— Attends, je regarde où ça peut être.

Mais, trop tard nous dérivions sur la file de gauche et Tony ne s'était pas relevé à temps pour revenir sur celle de droite, le camion qui arrivait allait nous broyer tous les deux.

— TONY!

Mais il releva la tête trop tard, je fermai les yeux, voyant défiler ma vie. Une douleur passionnante frappa mon corps entier, puis plus rien... Le vide complet et un noir effrayant.

Puis mes yeux s'ouvrirent très peu, je voyais flou, et entendais cependant des cris qui me semblaient être les lettres de mon prénom sortant de la bouche d'un garçon et entendre des gens autour de moi criant « mon Dieu », ou encore « Appelez les pompiers! ». Je voyais même une silhouette ramper au sol vers moi... La voix et mon nom se rapprochaient de plus en plus, puis plus rien de nouveau, cette fois-ci le noir se manifestait longtemps, mon subconscient était pourtant vivant, mais pourquoi je ne voyais plus rien, je ne pouvais même pas ouvrir les yeux, ni la bouche pour parler.

Une éternité semblait s'offrir à moi, le noir, le noir et encore le noir, je ne voyais plus que ça, ça devenait très embêtant et très paralysant...

— Mon dieu ma fille ! JOY ! criait ma mère. Mais qu'est-ce qui s'est passé encore ?

Elle pleurait toutes les larmes de son corps, mais je n'étais pas consciente pour le voir.

Mon père était avec elle, on me descendait du camion de pompiers aux urgences, ils couraient vite, pour me conduire en salle d'opération. Encore une fois... !

Mon corps était mort, et les pompiers le savaient, j'étais endormie, mais peut-être pas pour seulement quelques heures cette fois-ci. On retenait mes parents, pour les empêcher de rentrer en salle d'opération.

Une heure... Deux heures... Trois heures... Toujours rien, ma mère était encore en larmes et mon père inquiet.

Sept heures... Dix heures... Puis enfin un infirmier sortait de la salle pour aller voir mes parents.

— Comment va-t-elle ? demanda mon père.

— Nous avons fait le nécessaire pour votre fille...

— Ça veut dire quoi, ça ?! continua ma mère étouffée par ses larmes.

— Nous allons envoyer votre fille en réanimation et, nous allons attendre qu'elle se réveille.

— Et pour son ami ?

— Lui, on va dire qu'il a eu de la chance. Il a tout de même une fracture du bassin, du fémur et du tibia.

— Et notre fille ?

— Elle a une côte brisée, une fracture de la jambe droite et... la respiration très irrégulière.

— C'est-à-dire ? demanda ma mère.

— Ça veut dire qu'elle peut s'arrêter à tout moment. Deux de mes infirmières seront vingt-quatre heures sur vingt-quatre avec elle.

— Nous voulons appeler quelqu'un si vous voulez bien, un infirmier qui s'est très bien occupé d'elle lors de son dernier accident.

— De quelle section est-il ? Je peux aller le chercher.

— Euh... fit mon père. Il n'est pas d'ici, mais de Charente-Maritime.

— Nous ne pouvons pas importer quelqu'un d'un autre hôpital.

— S'il vous plaît, il a guéri notre fille la dernière fois ! Vous devez accepter sinon, on va ailleurs et vous n'aurez plus la charge de notre fille.

— C'est vous qui voyez, mais là, vous mettrez la vie de votre fille encore plus en danger de vouloir la déplacer.

— On vous en prie !

Il réfléchit et se décida.

— Bon, très bien, fit-il. Mais il sera sous ma responsabilité et je me chargerai encore de votre fille. On me l'a confiée !

— Oui, très bien, mais acceptez ses aides !

Mes parents appelèrent l'hôpital de la Charente-Maritime pour parler du projet à Jonathan, ils lui expliquèrent les soucis rencontrés et en simplement quatre heures et demie, il arriva à l'hôpital.

L'infirmier qui s'occupait de moi lui répéta ce qui s'était exactement passé, et le fit entrer dans la salle de réanimation.

Quand il me vit, on aurait dit qu'il voyait une morte.

— Elle est blanche...

Il ferma les yeux, baissa la tête et une larme coula sur son visage magnifique.

— Oui, vu qu'elle dort depuis maintenant quatorze heures, son visage devient pâle à cause de la chaleur de son corps qui se refroidit.

— Il se refroidit ? C'est quoi ces conneries ! Elle a quoi exactement ?

— Bah, une côte brisée, une fracture de la jambe droite et la respiration très irrégulière, et on pense que c'est cela qui la rend pâle.

— La respiration irrégulière ? Je sors, il faut que je réfléchisse.

Jonathan réfléchissait encore et encore, puis il comprit, la respiration ! Un troisième sens, obligé ! C'était forcément l'odorat ! Il n'hésita pas à appeler le scientifique Hollow.

Il revint dans la salle de réanimation pour en parler à l'infirmier qui s'occupait de moi. Il lui expliqua tout depuis le début, mais celui-ci ne le croyait pas, c'est pour cela qu'il décida de le faire parler avec Monsieur Hollow, qui lui expliquait les choses qui s'étaient passées auparavant.

Tous se mirent au travail pour m'aider à m'en sortir, ça faisait maintenant deux jours que je dormais et je ne me réveillais pas. Mais ils comprirent, tant que je ne serais pas consciente, donc réveillée, ils ne pourraient rien faire pour moi.

Jonathan sortit de la salle de réanimation et alla voir mes parents.

— Comment va-t-elle ? Elle est réveillée ? Ça y est ?

— Joy est dans un état critique, son ami s'en sort peu à peu, mais elle... elle s'engouffre de plus en plus... Moi et mon collègue pensons qu'à cause de l'accident et de ce qu'elle a, qui est quand même grave, on pense qu'elle est tombée dans le coma et on ne sait pas combien de temps ça va durer.

— Dans le coma ? Non mais, j'en peux plus moi !

Et ma mère se remit à pleurer de plus belle.

Tandis que moi, je plongeais de plus belle dans l'environnement créé d'un tout et d'un rien, d'un noir profond qui était trop noir pour moi. Les seuls bruits que je pouvais entendre étaient les battements lourds de mon cœur qui battait au rythme de ce qu'on pouvait m'infliger, ou que je m'infligeais moi-même.

Chapitre 12

RETOUR À LA VIE

Six mois étaient passés pendant mon sommeil, mes parents étaient devenus faibles, ma sœur n'arrivait plus à vivre sans moi, et Tony revenait chaque jour me voir.

Même endormie, j'avais l'impression de ressentir ce qu'ils ressentaient tous.

Et c'est enfin au bout de tout ce temps que Jonathan et l'infirmier découvrirent que ma respiration était redevenue normale.

Jonathan courait pour aller annoncer la nouvelle à mes parents.

— Elle recommence à respirer normalement! C'est un miracle!

Mes parents se serrèrent fort avec ma sœur, tout allait rentrer dans l'ordre.

Mais il valait mieux ne pas se réjouir trop vite tout de même.

— On peut la voir? demanda ma sœur.

— Pas encore, elle n'est pas complètement réveillée, on va attendre un peu.

Je dormis deux heures de plus, puis, enfin... Au bout de six mois, mes yeux décidèrent de s'ouvrir. Peu à peu, je les ouvrais voyant ce qui m'entourait encore flou, puis ma vue redevenait normale au fur et à mesure, des femmes étaient là, mais je détectais des pas particuliers qui se rapprochaient peu à peu jusqu'à la salle de réanimation. Les tubes me gênaient et je toussais car celui dans ma bouche m'étouffait.

— Joy ! cria Jonathan assis près de moi.

Son cri fit retourner toutes les infirmières de la salle. Il vint rapidement me retirer les tubes, criant aux infirmières d'aller chercher l'autre infirmier qui travaillait avec lui, et m'embrassa tant qu'il put.

— Oh mon Dieu, enfin !

Il me serrait fort comme jamais dans ses bras.

— Jo, tu m'étouffes, arrête.

— Excuse-moi mais tu es vivante !

— Qu'est-ce qui s'est passé ? Qu'est-ce que tu fais là ?

— Tu as eu un accident de moto et tu es tombée dans le coma pendant six mois, tes parents m'ont appelé pour que je vienne donner un coup de main pour toi, et je n'ai pas hésité.

Il m'embrassa sur le front.

— Je t'aime Joy, je t'aime !

— Mes parents sont là ?

— Oui, je vais les chercher. Mais on va d'abord te mettre dans une chambre.

Tandis que l'autre infirmier nous a rejoints.

— Ça va jeune fille ? me fit ce dernier pendant que l'on me transportait dans une chambre.

— Un peu dans les vapes mais sinon oui, ça pourrait être pire. Mais j'avoue que j'en ai un peu marre des hôpitaux. Je vais finir par en faire une overdose, ou y habiter si cela continue.

— Surtout si vous continuez à être aussi imprudente !

— Oui, c'est sûr.

Lorsque j'arrivai dans ma chambre, mes parents et ma sœur étaient là, ils m'attendaient.

Je n'expliquerai pas tout ce qui s'est passé pendant nos retrouvailles, ce serait verser encore trop de larmes.

Pendant un mois je me reposais à la maison pour que tout se remette bien en place, mais après six mois et avec mes dons, tout avait pu redevenir normal.

Mon téléphone sonna tout à coup.

— Allô ? répondis-je.

— Bonjour bel ange, parla Jonathan de l'autre côté de son téléphone.

— Bonjour mon sauveur, ripostai-je.

— Comment tu vas ?

— Bien bien, grâce à toi.

— Ce n'est pas réellement moi, c'est ton don de régénération plutôt !

— Oui, tu as peut-être raison. Quel est le but de cet appel alerte à Malibu ?

Il rit.

— Je peux venir cet après-midi, j'ai quelque chose à te dire.

— C'est grave ?

— Non, j'ai juste vu monsieur Hollow pendant ton coma. Mais je t'expliquerai plus en détail quand je viendrai. Je viens à quatorze heures, c'est bon ?

— Oui.

Je me tournai, gigotant dans mon lit, poussant un petit gémissement à cause des dernières douleurs de ma côte, c'est mon membre le plus fragile et qui a eu le plus de mal à se régénérer.

— Ça va ?

— Oui oui, c'est juste ma côte, elle est coriace niveau régénération.

— Bon, à tout à l'heure, d'accord ?

— Oui, à tout à l'heure.

Je me levai pour aller grignoter quelques bricoles dans le frigo. La maison m'avait manqué et sa grandeur aussi... La grosse différence qu'il pouvait y avoir avec l'hôpital, je ne me plaindrai pas, mais c'est plus confortable d'être chez soi.

Et le mieux, c'est qu'on s'en fout de comment on se promène dans la maison, moi j'aime être en boxer et en t-shirt, à l'hôpital on dirait qu'on ressemble à un pédophile comme dans les films d'horreur avec des blouses blanches débiles.

Je piquai une glace au chocolat et tapai dedans sans attendre, je me dirigeai vers le miroir qu'il y avait dans le salon pour voir si j'avais des marques sur le corps après l'accident.

À première vue, j'en avais une sur la jambe, mais si personne ne cherchait à la voir alors personne ne la verrait, donc c'était parfait, et puis pour le reste, même au niveau des côtes, rien n'était suspect...

On sonna tout à coup.

Je regardai l'horloge de la cuisine, c'était impossible qu'il soit déjà quatorze heures !

Je me retournai pour aller voir qui c'était, me pris les pieds dans le tapis et tombai.

— Oh zut, ce n'est pas vrai d'être aussi molle !

Je ramassai la glace et courus pour aller ouvrir, lorsqu'on sonna une fois de plus.

— Mais je ne peux pas y aller comme ça ! me disais-je à moi-même. J'arrive !

Je montai dans ma chambre et m'enfilai un jogging. Puis redescendis, tandis qu'on sonnait de plus belle.

— J'arrive, j'arrive !

J'ouvris enfin la porte, et... encore une surprise !

— Quoi ? Je ne m'attendais pas à te voir ici et maintenant, tu sais que j'ai failli me tuer à cause de toi !

— Ne me fout pas ça sur la gueule, tu as bien failli mourir plus d'une fois sans moi ! me fis Taylor. Et tu n'es pas morte une fois grâce à moi je te rappelle !

— Oh, c'est bien mignon de me le rappeler ! Bon, qu'est-ce que tu fais là ?

— J'ai su pour ton accident ! Tu vas mieux ?

— Oui, et pas grâce à toi ! lui fis-je remarquer.

— Oui, grâce à ton Jonathan.

— Écoute-moi bien, espèce de tordu enragé, si tu es venu ici pour m'emmerder, parce que c'est bien le mot, tu peux repartir et tout de suite, je ne te retiens pas du tout !

— Donc, tu m'en veux vraiment ?

— Tu me poses la question ! Mais tu crois quoi, là ? Tu crois que je te fais une déclaration d'amour ? Peut-être que tu crois ça, mais tu peux surtout te foutre ton doigt ou je pense espèce de crétin !

Pendant que je passais mes nerfs sur Taylor, celui-ci s'approcha de moi, me prit le visage et m'embrassa pour que je me taise une bonne fois pour toutes. Le problème, avec Taylor, c'est que je ne pouvais pas me débattre. Il était celui que je voulais posséder par-dessus tout. Mais ce n'était pas une raison. J'étais d'ailleurs étonnée qu'il m'embrasse, ce n'est pas dans ses habitudes, il est toujours trop parfait pour embrasser une fille juste pour qu'elle se taise...

— Ne rends pas les choses plus difficiles qu'elles ne le sont déjà, Taylor, lui dis-je en le repoussant. T'es vraiment un petit....

— Un petit ?

— Un petit con !

— Tu ne veux donc vraiment plus de moi.

— Pour faire quoi ? Tu l'as dit toi-même que nous deux, tant qu'il y aura la distance ce sera impossible.

— Mais ça ne m'empêche pas de t'aimer tu sais.

— Crois-moi, tu te fais du mal à faire ça.

— J'ai donc fait je ne sais pas combien de bornes pour te voir et tu me rejettes.

Je le regardais d'une manière presque sans pitié, je ne voulais pas qu'il s'en aille une fois de plus sans que je lui dise quelque chose de bien.

— Tu manges là ?

Il me regardait et fit un sourire en coin.

Le temps passait et nos regards se figeaient l'un dans l'autre, Taylor se pencha pour m'embrasser mais, une fois de plus, on sonna.

— Ce doit être Jonathan, j'y vais.

— Quoi ?

— Comparé à toi, c'était prévu qu'il vienne.

Il s'éclata la tête contre la table tellement le dégoût l'envahissait.

— Eh bah, Taylor, ne te tape pas la tête comme ça, lui fit remarquer Jonathan.

— Ah ah, je me fends la gueule, mec.

Ils se serrèrent la main mais d'une poignée de fille, Taylor n'aimait pas Jonathan, on le savait.

— C'est quoi cette poignée de main de fillette ? Serrez-vous bien la main !

— Quoi c'est bon ! dit Taylor.

— T'as pas le choix dans ma maison.

— Vous étiez en train de manger ? demanda Jonathan.

— Ça se voit pas, tête d'œuf ? fit Taylor.

— C'est toi la tête d'œuf, Taylor. Ferme-la s'il te plaît sinon tu décampes !

— Je suis arrivé le premier !

— Mais ce n'était pas prévu ! lui rappelai-je.

— Pff !

— Bon, qu'est-ce que tu voulais me dire, toi ? demandai-je à Jonathan.

— On peut parler seuls ?

— OK, viens, on va dehors.

— Et moi ? se fit remarquer Taylor.
— Toi ? Tu vas attendre deux minutes.
— Pff... souffla-t-il encore comme un gosse.
— Arrête de râler, ça n'arrangera rien.
Nous sortîmes avec Jonathan et allâmes discuter.
— Alors ? Quelle est cette fameuse discussion que nous devons partager ? lui souriais-je.
— Lors de ton coma, je suis allé voir monsieur Hollow car quelque chose m'a mis la puce à l'oreille.
— Et quoi ?
— Ta respiration, on a pu remarquer que tu avais une respiration complètement irrégulière et ça pouvait être dangereux.
— Et ?
— Et bon, je ne vais pas chercher à essayer de te le dire, mais un troisième sens s'est déclenché...
— Ah oui ? Lequel ?
Jonathan me regarda ahuri.
— Tu n'es pas dégoûtée ?
— Pourquoi ? Je commence à y prendre goût. Je devrais être dégoûtée ?
— Euh... Non. Mais fais attention à ce que tu fais quand même.
— Oui, bien sûr, ça va de soi.
Je me retournai voyant Taylor nous regarder.
— Taylor, je t'ai entendu depuis tout à l'heure, ce n'est pas la peine de te cacher.
Je pouvais l'apercevoir me faire une grimace derrière la vitre.
— Pff, quel gosse.
Je me retournai et vis Jonathan me regarder d'une manière bizarre.
— Quoi ?
— Joy, promets-moi de faire attention à ce que tu fais avec tes dons !

— Oui.

— Promets-le moi !

— Je te le promets, soufflai-je.

— Et ne souffle pas, me dit-il en me prenant dans ses bras.

CHAPITRE 13

INTERROGATIONS

EN ATTENDANT que ma sœur rentre, moi j'attendais devant la télé. Jonathan était parti, mais Taylor rôdait encore dans ma maison.

Quand enfin ma petite sœur rentra.

— Salut !

— Coucou ! Ça va ? répondis-je.

— Bah ! T'es là toi ? Qu'est-ce que tu fais là ? hurla ma sœur en voyant notre très cher Taylor.

— Il s'est invité, grondai-je alors.

— La honte, lui dit-elle en lui disant bonjour. Ça va ?

— Parfaitement bien depuis que je sais que je suis rejeté dans cette maison.

Je lui tapai sur le bras.

— Arrête de dire ça, si on t'avait rejeté, je t'aurais fichu dehors avant même que tu ne sois rentré dans cette maison.

Puis, je m'adressai à ma sœur :

— Papa et maman rentrent tard ce soir ou pas ? demandai-je à Purdey.

— Euh, maman sûrement vers onze heures, elle est sur une affaire en ce moment.

— Elle a réussi à pouvoir s'en occuper d'une avec ce que je lui ai fait subir !

— Et papa il rentrera dans la nuit, il travaille pas mal en ce moment aussi.

— Les pauvres, je n'arrive pas à me faire à l'idée que je les ai pourris pendant six mois, et encore, pendant plus avec tout ce qui est arrivé avant !

— C'est pas ta faute Joy, me dit Taylor.

— Si, si je ne faisais pas l'andouille, on serait une famille normale.

— Mais on ne l'est pas ! enchaîna ma sœur.

— N'en rajoute pas, s'il te plaît !

Je n'en pouvais sincèrement plus, j'étais fatiguée et pourtant je me reposais beaucoup, et je n'avais pas le choix si je ne voulais pas avoir un tsunami cérébral !

Pendant ce temps-là, j'attendais, encore, que mes parents rentrent à la maison, je m'étais à moitié endormie sur Taylor devant la télévision. Quand enfin, ma mère fut la première à rentrer.

Elle s'approcha du canapé et nous vit tous les deux.

— Bah... T'es là toi ? demanda ma mère à Taylor.

— Je suis juste venu dire bonjour...

— Pas de soucis, ne t'en fais pas. Et elle, elle dort.

— Oui, elle est crevée.

— Emmène-la dans sa chambre, elle sera mieux.

Taylor me prit dans ses bras et m'emmena dans ma chambre me déposant sur mon lit, recouvrant mon corps de ma couette légère. Malgré ma somnolence, je sentais qu'il déposa un baiser de ses lèvres bouillantes sur une partie de mon front et de mon œil.

Et je laissai comme simple réponse un sourire au coin de ma bouche.

C'est alors que mon grand sommeil commença...

Dans l'obscurité de la forêt, mes yeux semblaient se diriger vers une chose étrange...

Sans comprendre pourquoi, ma vue se dirigeait vers elle, j'entendais des craquements de branches.

On dirait que quelque chose se rapprochait, et j'ignorais encore ce que c'était.

Mon cœur battait de plus en plus en entendant les bruits, je fermais les yeux imaginant la suite, quelqu'un ou quelque chose pourrait bien m'attaquer, pour vouloir voler mon âme et la réduire en poussière.

Je les rouvrais en ne voyant toujours pas mais continuais à entendre. De peur, je m'enfuis, courant à une allure de dégénéré, ne sachant même pas où j'allais, sentant des coupures qui se doublaient sur mon visage, sur mes bras et sur toutes mes parties corporelles. Mais le plus endommageant, c'était ce bruit que j'entendais courir autant que moi et que le souffle doublait du mien, mais je sentais que comparé à moi, il était régulier comme si courir ne lui faisait rien ; moi, mon souffle devenait de plus en plus fort mais de plus en plus difficile à gérer. Des larmes coulaient sur mon visage, me faisant faire des grimaces à cause des blessures qu'elles torturaient.

Et là... l'obscurité s'était évaporée, je me trouvais nez à nez avec une falaise, où sauter serait une très mauvaise idée, à part si on est un super-héros qui peut voler.

Surprise, je n'entendais plus le souffle de la chose qui me coursait, ou des bruits de craquement de branches, ou encore ses pas derrière les miens.

Tout s'était volatilisé face à la falaise.

Tant d'adrénaline venait de me couper le souffle, et voilà que, face au jour, elle redevenait normale comme si je n'avais pas couru.

L'étrange venait de s'installer et de m'envahir. Et je ne savais encore pas pourquoi je pensais ça, mais chaque nuit, depuis quelque temps je rêvais de cette course, et si ce n'était pas quelqu'un ou quelque chose qui me courait après, si c'était moi, différente sous un aspect nocturne et qui redevenais normale quand le jour frappait sur mon corps ?

Puis, je me réveillai... Ayant un frisson qui me fit me redresser et qui interpella Taylor.

Oh, il était encore là celui-là...

— Ça va ? me demanda Taylor.

— Oui... J'ai juste fait un rêve.

— Et de quoi as-tu rêvé ?

— J'ai pas envie d'en parler, lui répondis-je en me levant et en descendant à la cuisine.

Mais il me rattrapa par le bras pour m'empêcher de descendre.

— Qu'est-ce que tu veux Taylor ? Tu cherches quoi au juste ?

— Je veux comprendre.

— Comprendre quoi ?

— Pourquoi tu m'en veux...

De colère, j'arrachai mon bras en le regardant méchamment.

— Tu n'as qu'à te poser quelques questions avant d'avoir mes réponses ! Tu es un égoïste, tu ne penses qu'à toi et à tes propres intérêts ! Et franchement, je crois que tu es ici par simple intérêt.

— Et comme quel intérêt par exemple ?

— Celui de savoir qui je deviens ! Parce que, rappelle-toi, il n'y a pas si longtemps tu m'as parlé de quelque chose qui semble être impossible à révéler, même à une personne comme moi ! Alors tu veux peut-être savoir si je deviens comme toi... Mais j'espère que non ! Car devenir égoïste et conne... Non, je préférerais mourir que devenir comme toi ! Même si à une époque ça ne m'aurait pas dérangée. Aujourd'hui, ça l'est, tout est différent, tu es différent de moi, et je suis le contraire de toi. On ne peut plus être assemblés à présent, tu n'as plus rien à faire chez moi, et tu n'as plus rien à faire dans ma vie.

— C'est vraiment comme ça que tu vois les choses ?

— Aujourd'hui oui, lui rétorquai-je sèchement.

— Très bien, alors je m'en vais et je ne reviens jamais, mais ne compte pas sur moi pour t'aider dorénavant !

— Je n'ai plus besoin de ton aide, j'ai juste envie que tu t'en ailles de chez moi, Taylor.

Il descendait les escaliers rapidement et en colère.

— Tu t'en vas ? demanda Purdey.

— Oui, puisque ta sœur ne veut plus de moi. Au revoir Purdey, au revoir Monsieur et Madame Lenz, j'ai été ravi de vous connaître pendant toutes ces années.

Puis il s'en alla, déprimé.

Ma mère attendit qu'il s'en aille et me regarda.

— Quoi ? Tu as viré Taylor de cette maison, alors qu'il a fait beaucoup pour toi, il t'a sauvée d'une noyade pendant une tempête, il t'a aidée à remonter la pente et...

— Rectification ! la coupai-je, Jonathan m'a aidée à remonter la pente !

— Taylor était là toutes les nuits à tes côtés !

— Et ne faisait que contempler mon visage !

— Et alors ! Il était là moralement ! Jonathan c'était physiquement !

— Et c'est pourtant lui que tu as appelé pour me sortir de l'accident que j'ai eu avec Tony ! Ce n'était pas Taylor !

— Tu es égoïste et ne vois pas le bon côté des choses.

— Et toi, tu n'y vois que du feu dans cette histoire parce que tu ne sais rien du Taylor d'aujourd'hui ! Il n'était là que par intérêt, et moi les hommes comme ça, je les vire. Et pas simplement de chez moi, je les vire de ma vie ! Quoi que tu dises, et quoi que tu fasses, maman, tu ne pourras rien changer. C'est terminé !

Je partais mais ma mère me stoppa.

— Dis-moi... Est-ce que tu es sûre que ce n'est pas toi qui changes, plutôt que Taylor ?

— On change tous les deux...

— En es-tu sûre ?

Un long temps de silence s'installa dans la cuisine.

Et si ma mère disait vrai, si mes cauchemars étaient des réponses à mes questions... Il n'y avait qu'une solution pour en avoir le cœur net...

CHAPITRE 14

RÉPONSES

Je montai dans ma chambre, attrapai mon téléphone et passai un coup de fil à Julie.

— Allô ?

— Julie, c'est Joy, t'es occupée ?

— Non pourquoi ? Tu as l'air stressée, tout va bien ?

— Julie, il faut que tu viennes me chercher et que tu m'emmènes à Toulouse.

— À Toulouse ? Pour quoi faire ?

— Je t'expliquerai dans la voiture, je t'en supplie, viens !

— D'accord, j'arrive dans dix minutes maximum.

— Merci.

Et nous raccrochâmes.

Je prenais mes papiers et mon portable, les mettais dans un sac, et courais dehors pour attendre Julie. En peu de temps elle arriva, et nous partîmes aussitôt à Toulouse.

— Tu m'expliques ce qui te passe encore par la tête ?

— Il me faut des réponses, et je sais qui peut m'aider.

— Qui ça ? me demanda-t-elle.

— Monsieur Hollow, c'est un scientifique qui a découvert mes dons...

— Et c'est quoi les réponses que tu veux ?

— Savoir pourquoi je fais toujours le même rêve et pourquoi je ne me sens pas en sécurité même chez moi.

— C'est peut-être normal.

— Pas pour une fille aussi anormale que moi !

— Tu sais qu'on a environ deux heures de route avant d'arriver à Toulouse.

— Je sais, c'est pour ça qu'il vaut mieux ne pas traîner.

— T'inquiète pas pour ça.

Julie sourit, et accéléra d'un coup.

Enfin, au bout de tout ce temps passé sur la route, nous arrivâmes devant l'entreprise Hollow.

— C'est bizarre que ce soit une industrie, dit Julie.

— C'est pas une industrie, c'est une entreprise.

— C'est pareil.

— Non, rigolai-je.

— Bah si, continua Julie.

— Bah... Non, continuai-je à mon tour.

Elle me regarda, et me vit éclater de rire.

— Je vais te tuer ! Tu te fous de moi ! rigola-t-elle de plus belle.

— Pas le moins du monde ! rigolai-je.

— Bon, bah, entre, qu'est-ce que tu attends ?

Elle avait raison, j'attendais des réponses et j'allais enfin les avoir !

Quand nous entrâmes dans l'entreprise, les gens nous regardaient, à ma propre vue, de deux manières différentes – la première était la suivante : les gens méfiants, avec des regards sournois qui nous contemplaient de haut en bas, comme au lycée, la fille qui cherche à te causer des problèmes ; et la deuxième était celle-ci : les gens peureux, qui te regardent à peine, comme la fille qui croit que tu vas lui coller un poing dans la figure pour un rien.

— T'as vu comment ils nous regardent ? me demanda Julie.

— Oui, je vois... Et tout leur trait caractériel, pensai-je ensuite.

— Quoi ?

— Rien, laisse tomber.

Et de plus, il y avait des messes basses, je détestais ça, c'est la chose qui m'horripilait le plus dans ce monde.

Puis un claquement de doigts me fit réagir. Monsieur Hollow se tenait derrière moi à me regarder.

Je me retournai et le contemplai, c'était la première fois que je le voyais.

— Monsieur Hollow ?

— Et qui voulez-vous que je sois ? rigola-t-il.

— Je m'appelle Joy Lenz, je...

Mais il me coupa :

— Je sais très bien qui vous êtes... Et je sais aussi pourquoi vous êtes ici.

— Ah oui ?

— Jonathan, ça ne vous dit rien ?

— Il est ici ? lui demandai-je avec joie.

— Non, il m'a seulement dit qu'il fallait que je m'attende à avoir une visite de vous.

— Il... Il vous a dit ça ? Mais... Il ne savait nullement que j'allais venir vous voir.

— Mais il le sentait...

Mille et une questions cavalaient dans ma tête ! Comment Jonathan pouvait savoir que j'allais venir voir monsieur Hollow ?

Un flash empiéta mon esprit, je savais... la seul chose que je pouvais me demander, c'était : « Est-il devin ? ».

— Ça va ? me demanda Julie qui me voyait réfléchir.

— Julie, tu peux me laisser seul avec Monsieur Hollow s'il te plaît.

— OK, je t'attends dans la voiture.

— Merci. On peut se parler en privé s'il vous plaît, parce que j'avoue que je ne comprends plus rien. Et, dites-vous que ça ne va pas être une tasse de café, vu toutes les questions que j'ai à vous poser.

Monsieur Hollow et moi entrâmes dans son bureau, je m'assis et il me regarda.

— Je vous écoute.

— Eh bien voilà, ça va faire maintenant quelques nuits que je rêve de choses étranges.

— Comme quoi ?

— D'abord, depuis quelques nuits à la suite, je rêve que je suis seule dans une forêt qui est très sombre, et j'entends pas loin de moi un souffle et des craquements de branches. De peur, je fuis et j'entends le souffle à côté de moi d'une manière trop régulière comme si courir pour cette chose n'est qu'un petit pont à sauter. Puis ensuite, plus rien, je me retrouve devant une falaise et il fait jour et le souffle et les bruits ne sont plus là, ils ont complètement disparu.

— Très bien... Là, je pense que c'est un rêve qui veut vous faire réfléchir, qui vous fait travailler les neurones pour que vous puissiez vous poser les bonnes questions.

— Mais les réponses, je les trouve comment ?

— Il n'y a que vos rêves qui peuvent vous le dire. Ensuite ?

Je mis un temps de silence avant d'enchaîner.

— Comment Jonathan savait-il que j'allais venir ?

Monsieur Hollow inspira et expira, comme s'il le savait mais ne voulait rien me dévoiler.

— Je sais que vous le savez ! Je vous en supplie, je suis déjà trop mal avec tous ces trucs bizarres, alors je vous en prie, épargnez-moi une souffrance de plus, le priai-je.

— Justement... Vous seriez peut-être plus surprise.

— Vous savez, les surprises, je sais ce que c'est aujourd'hui, croyez-moi !

— Jonathan est un infirmier, certes, mais n'a aucune étude d'infirmier derrière lui.

— Que voulez-vous dire ?

— Jonathan a été choisi pour ses dons, lui aussi. Vous n'avez pas remarqué qu'il prenait contact avec moi à chaque fois qu'il vous arrivait quelque chose ?

— Vous voulez dire que vous êtes comme son père, enfin, vous le formez?

— Non, je l'ai aidé, tout comme vous.

— Aidé à quoi? lui demandai-je complètement ahurie.

— À contrôler ses émotions et par-dessus tout... ses dons.

— Qu'a-t-il comme dons?

— D'après vous?

Je cherchai quelques secondes et compris.

— Il peut guérir les gens?

— Non, puisque vous vous régénérez toute seule.

— Alors il fait quoi?

— Il peut aider l'humain à continuer à entendre son cœur battre.

— En gros, il garde les gens en vie, c'est comme un ange gardien...

— Exactement.

— Dites-moi, j'ai un ex-petit ami qui a quelque chose qu'il cache et dont il ne parle à personne, j'aimerais savoir ce que c'est mais je ne lui parle plus depuis exactement quatre heures.

— Il cache quelque chose? demanda-t-il.

— Oui, et ça à l'air d'être très important. Et cela me tracasse un peu.

— Je vois... fit-il en agitant ses doigts contre son menton barbu.

— Bon, eh bien je crois que j'ai toutes les réponses à mes questions. Merci beaucoup, je ne vais pas vous déranger plus longtemps.

Je me levai et lui tendis la main pour la lui serrer.

— Mais il n'y a pas de mal, et revenez si vous avez d'autres questions.

Je partais vers la porte, mais...

— Ah, attendez! J'ai fait un autre rêve aussi, assez étrange mais intéressant.

— De quoi s'agit-il ?

— D'un garçon... dont le physique ne me dit rien du tout, mais me plaît beaucoup, rigolai-je.

— Eh bien, si vous en rêvez encore, dites-moi.

— D'accord, merci beaucoup.

Je partis, mais depuis que je lui avais parlé de Taylor je sentais qu'il n'était pas à l'aise.

— Mademoiselle Lenz !

— Oui ?

— Comment s'appelle le garçon ?

— Je ne sais pas c'était un rêve.

— Non non, votre ex-petit ami.

— Taylor... Taylor Kepler, ajoutai-je.

Il ouvrit les yeux en grand, mais ne broncha pas.

— C'est lui qui m'a sauvée de la noyade lors de mes premières apparitions de dons.

— Merci, vous... Vous pouvez disposer.

— Au revoir.

Je partis, intriguée par la réaction de monsieur Hollow vis-à-vis de Taylor. Puis je rejoignis Julie.

— Alors ? me demanda-t-elle.

— Il va falloir que je me débrouille, il ne peut rien me dire de plus, il n'est pas dans ma tête. Une seule chose m'intrigue dans tout ça.

— C'est quoi ?

— Démarre.

Elle démarra et nous partîmes.

— Alors c'est quoi ? me demanda-t-elle de nouveau.

— Taylor, il a l'air de le connaître mais pas d'une bonne manière.

— Ça veut dire quoi, ça ?

— Je ne sais pas, mais je veux le savoir.

Je sortis mon portable et appelai Taylor.

Chapitre 15

RÈGLEMENT DE COMPTES

Il décrocha du premier coup, étonnant...

— Quoi ? Je croyais que tu ne voulais plus me parler.

— Mais si tu décroches, c'est que tu as encore envie d'entendre ma voix !

Julie rigolait.

— J'ai besoin de savoir une dernière chose, Monsieur Kepler.

— Oui, Mademoiselle Lenz.

— Connaîtrais-tu monsieur Hollow ? Un scientifique de Toulouse.

Un temps de silence s'installait.

— Non, je ne connais pas.

— Taylor, est-ce qu'une fois dans ta vie tu pourrais dire la vérité ? Ça changerait !

— Je te dis que je ne connais pas de scientifique qui s'appelle Hollow !

— Ta voix ment, comme quand on était ensemble et que tu n'arrivais pas à m'avouer ou me dire quelque chose...

Il ne broncha pas.

— Taylor, je t'en prie.

— Je suis encore chez toi, t'as qu'à venir et tu sauras tout.

— T'es... Quọi?... Rooh. Bon, j'arrive et ne t'enfuis pas, je te préviens!

Je raccrochais.

Julie me regardait et me dit :

— C'est l'amour fou vous deux.

— Toujours.

Elle éclata de rire. Et j'en fis de même. Elle me déposa chez moi et repartit.

— Tu ne veux pas rester boire quelque chose?

— Non, tu as des comptes à régler, puis Christophe m'attend à la maison.

Christophe c'était le petit ami de Julie, ça fait trois ans qu'ils sont ensemble.

— OK, passe quand tu veux avec lui d'accord?

— Oui, t'en fais pas, on n'est pas loin de toute façon.

— Oui, allez, à plus, lui dis-je.

— Joy?

— Oui?

— Fais attention à toi, me demanda Julie.

— T'en fais pas pour moi.

Puis elle me fit un sourire et partit aussitôt.

Je rentrai à la maison et vis Taylor assis sur les marches du seuil de la maison.

— Pourquoi es-tu encore là?

— Ah, tu veux que je m'en aille, bon et bien j'y vais!

— Non! Je veux dire simplement, pourquoi es-tu revenu?

— Je voulais tout te dire et tu as su trouver un bon sujet pour me donner encore plus envie de te raconter.

— OK, alors je t'écoute.

— On peut aller marcher? me demanda-t-il.

Puis nous partîmes alors près de la rivière qui ne se trouvait pas très loin de la maison.

— Alors je t'écoute?

— D'abord, sache que monsieur Hollow a essayé de m'aider.

— OK... Et?

— C'est juste que tout a un peu mal tourné...

— C'est-à-dire?

— Eh bien, je fais partie d'un genre de panoplie.

— D'une panoplie?

— Ou d'une armée si tu préfères.

Je lui fis un signe de tête que je comprenais même si pour le moment tout me semblait un peu confus mais j'attendais la suite.

— Monsieur Hollow voulait trouver un grand nombre de jeunes qui pourraient posséder des dons exceptionnels pour les exposer au monde, ce qui veut dire montrer aux humains qu'ils sont protégés par des genres de X-MEN, et quand j'ai su cela, j'ai voulu en parler aux jeunes qui étaient avec moi, puis on a commencé à se méfier de Hollow pour découvrir ses projets de cirque.

— De cirque? Houla, doucement, je ne comprends pas tout, là!

— Il voulait nous exposer, ça veut dire faire de nous des bêtes de foire!

— OK...

— Tu me suis?

— Oui... Et Jonathan dans tout ça?

Je ne voulais pas poser cette question mais j'avais besoin de savoir s'il était dans le coup, ou pas.

— Jonathan... Pour être franc, même si je ne l'aime pas, je ne sais pas s'il sait ou pas la vérité. C'est d'ailleurs pour ça que je le hais.

— Tu le hais alors que tu ne sais pas dans quel camp il est?

— Oui oui, je sais, mais s'il est des nôtres, on est dans la merde ! Avec tout ce qu'il divulgue sur toi à Hollow c'est vraiment difficile de savoir !

— Où est le problème Taylor ?

— Hollow connaît tous tes points faibles... Il saura sur qui s'attaquer en premier si tu te retournes contre lui...

— Il n'y a pas une solution ?

Taylor réfléchit quelque temps et en trouva une. Pendant un mois j'allais être logé chez lui pour que Hollow ne puisse pas voir où je suis et quand.

— Tu vas rester chez moi pendant un mois au moins.

— Tu crois que ça va marcher ? Il te connaît toi après tout.

— Oui, mais il ne sait pas où j'habite.

— Bon, très bien, faisons comme ça.

Tout se passa rapidement et en cinq heures je me retrouvai chez Taylor, alors que quelques heures en arrière je ne voulais plus voir son visage et ne plus entendre parler de lui.

Dans tout ce brouhaha, une personne était au moins contente pour moi... Et pour Taylor... Ma mère.

Après ces affreuses heures de route, Taylor m'emmena faire un tour à la plage.

Nous marchions comme deux amoureux, sans l'être, et n'échangeâmes pas un mot. Quand soudain...

— Taylor... !

— Quoi ?

— Ce mec ! Ce mec là-bas !

— Eh bien quoi ?

— J'en ai rêvé et je ne le connais absolument pas !

— Quand tu en as rêvé ?

— J'en ai même parlé à monsieur Hollow...

— Oh non, ne me dis pas que tu lui as parlé de tes rêves dans les moindres détails !

— J'avais besoin de réponses, alors oui, je lui ai tout raconté, et dans les moindres détails.

— Bon sang, ce n'est pas vrai ! Il va tout te pirater !

— Hein ? Mais de quoi tu parles ? Taylor, tu me fais peur quand tu dis ça !

— Il a fait genre de vouloir comprendre tes rêves pour pouvoir se balader dans ton esprit et tout contrôler.

— Mais... Mes dons peuvent l'en empêcher ?

— Mais je n'en sais rien, moi !

La panique, le stress tout venait de se déclencher de nouveau en moi, ce qui devenait de plus en plus embarrassant.

Je regardais le garçon qui ressemblait à celui de mon rêve quand je le vis soudain se tourner vers moi et Taylor.

— Il me regarde, là ? demandai-je à Taylor.

— Je ne sais pas.

— Non, mais franchement, il me regarde, là !

— T'as qu'à lui demander ! cria-t-il.

Puis il se leva et vint vers nous.

— Salut, dit-il d'une voix douce.

— Salut... répondis-je en même temps que Taylor.

— Je m'appelle Samuel, ou Sam... Comme vous vous voulez.

— Qu'est-ce que tu veux Sam ? dit Taylor.

— Oh, sois plus poli ! lui dis-je. Enchanté.

— Dis-moi, on se connaît ? me demanda Samuel.

— Euh... Pas que je sache.

— Ah, parce que j'ai le souvenir d'avoir rêvé de toi quelques nuits auparavant.

Là, c'était la phrase de trop. Il se passait réellement quelque chose de bizarre avec ces dons ! Ou peut-être dans ma vie simplement...

— Taylor... Il faut que l'on s'en aille, tu te rappelles qu'on devait aller chercher ton frère !

— Euh... Ah oui ! Oh mince, déjà cette heure-là ! Désolé vieux, faut qu'on bouge.

— Mais attends ! cria Samuel. Est-ce que je pourrais avoir ton numéro, je voudrais savoir pourquoi j'ai rêvé de toi comme ça, alors que je ne te connais pas.

Je réfléchis un moment, et si c'était comme m'avait dit Taylor, Hollow qui contrôlait mes sentiments, mes dons, et mon esprit, si c'était lui qui me déclenchait tous ces genres de trucs bizarres et qui, au final, me nuisait... Tout à coup, mes pensées se faufilèrent directement à mon odorat...

Mon odorat ? Ah ça y est, un sens de plus, comme si c'était le moment !

— Tu sens ? demandai-je à Taylor, intriguée...

— Sentir quoi ? rétorqua-t-il.

— Ce parfum... Un mélange d'une fleur venue d'un pays chaud et d'une plante française...

— Ah non, je ne sens pas. Bon, on doit aller chercher mon frère, je te rappelle !

— Non non, attends, je sens, ça se rapproche...

Mon nouveau don était fascinant, peut-être même plus que les autres, mais il ne fallait pas que ça m'atteigne mentalement, je m'arrêtai donc tout de suite pour éviter de sombrer encore une fois dans la naïveté de mes dons.

— C'est bon, là ? me demanda Taylor inquiet par mon comportement.

— Oui pardon, on y va !

Le jeune Samuel nous regardait partir avec un visage désorienté, et je me retournai une dernière fois allant lui épeler mon numéro de téléphone, après tout je devais savoir ce qui se passait sur cette maudite Terre !

— Tu as fait quoi ? dit Taylor.

— Je lui ai donné mon numéro de téléphone, je fais comme toi, je mène mon enquête, loin des pattes de Hollow.

Je me retournai vers Samuel :

— Appelle-moi quand tu veux, on ira boire un verre.

Mais il ne répondit pas, ahuri, je suppose, il préféra hocher la tête pour me faire part d'un oui à peu près compréhensible.

Plus tard chez Taylor, dans la soirée, je commençais à m'assoupir sur le canapé, jouant avec la télécommande que moi-même je n'arrivais plus à commander, je tombais sur des chaînes plutôt bizarres, puisque c'était des séries télé, ou encore des télé-réalité pourries où les filles pleurent leur mec parce qu'il se frotte trop à une autre... « L'île de la Tentation » je crois.

— Il est deux heures du matin, Joy, tu ne veux pas aller te coucher? me demanda Taylor affalé sur une chaise et qui attendait patiemment que j'y aille.

— Non... lui répliquai-je.

— Mais tu dors à moitié, ça se voit.

— Et alors, je réfléchis.

— Comment tu peux réfléchir en tripotant cette putain de télécommande et en regardant n'importe quoi?

— Je ne regarde pas.

— Bon, bah éteins la télé alors!

— Si toi tu es fatigué, parce que vu ta tête c'est le cas, tu n'as qu'à aller te coucher! Ou tu m'attends parce que t'as besoin que je te borde?

— Ha ha, très drôle. Bon, j'y vais alors.

— Eh bah, voilà, je ne suis pas ta mère, t'as pas à attendre que je te le dise.

En fait, j'attendais surtout un message de Samuel. J'avais envie de savoir de quoi il avait rêvé, mais apparemment ce n'était pas plus important que moi, je pense...

Mais soudain... Un nouveau message venait de réveiller mes neurones.

Le numéro était inconnu dans mon répertoire, mais peu importe, c'était sûrement Samuel.

Il était écrit : *« Salut, c'est Samuel, le garçon de la plage, celui qui a mystérieusement rêvé de toi. Si tu souhaites répondre pour en savoir plus, j'attends ton message. Bise Samuel. »*

Sur le moment, je ne savais pas exactement quoi faire, répondre... Ou pas.

Et puis, j'optai pour répondre.

« Salut, je voudrais savoir comment et pourquoi tu as rêvé de moi ? »

Puis j'attendais sa réponse en espérant qu'il aurait de bons arguments à me faire part.

Puis j'eus une réponse. Et notre discussion s'enchaîna rapidement, ce qui était palpitant.

« Exactement, je ne sais pas, mais j'aimerais savoir, car je ne t'ai jamais vue, ni croisée, enfin c'est bizarre je sais, mais je n'ai pas d'explication précise pour t'aider à comprendre ».

« En fait, moi aussi j'ai rêvé de toi il y a de cela quelques nuits déjà, et je ne te connais pas non plus, alors j'aimerais comprendre, as-tu des dons ? »

« Non, enfin je ne sais pas. Pourquoi cette question ? C'est ridicule ! » me fit-il.

« En fait, je te demande cela car moi j'en ai et... »

Je m'arrêtai un instant d'écrire mon message me penchant un peu plus sur ce que j'allais marquer sur le message ensuite. Je venais de me rendre compte que Taylor m'avait parlé de son histoire, mais pas de ce qu'il avait comme don ! Bref je continuais mon message, mais ne voulais pas oublier Taylor.

«...mon ami qui était avec moi, en a un également, donc peut-être que c'est un don que tu as de rêver de gens que tu ne connais pas, c'est la première fois ? »

« Oui, c'est la première fois que cela m'arrive, tu as quoi comme dons ? »

« Moi j'ai mes cinq sens qui sont plus développés que les tiens et comme ceux de n'importe qui dans ce monde. N'as-tu pas remarqué que je reniflais à un moment en ta compagnie, quand

je distinguai un parfum ? Et pour finir, je me régénère. Toi tu n'as rien remarqué d'anormal ces derniers temps envers toi-même ? »

« Euh... Non pas que je sache, mais en y réfléchissant bien, j'ai remarqué que dès que je me sens contrarié ou en colère, un objet autour de moi éclate ou tombe tout seul... Tu vois ce que je veux dire ? »

« Oui, je pense que ce que tu ressens, les objets qui t'entourent le ressentent aussi, et vu que c'est trop encombrant pour de si petites formes, elles explosent. »

« Ah oui, c'est très astucieux », répondit-il rapidement.

« Veux-tu qu'on se voie demain à quatorze heures pour parler mieux que par message ? »

« Oui d'accord, où ça ? »

« À la plage de Nauzan comme ce soir, OK? »

« Oui très bien. À demain alors. »

« À demain. »

La discussion s'arrêta donc ici pour ce soir.

CHAPITRE 16

ENQUÊTE

LE JOUR se levait, et m'éblouissait quand je l'aperçus à travers les rideaux qui cachaient les deux fenêtres dans la chambre de Taylor. D'ailleurs, en parlant de lui, je savais qu'il dormait encore à mes côtés car la chaleur de son corps me brûlait la peau. Mais j'appréciais.

Je me levais doucement pour éviter de le réveiller, car je pouvais voir sur les traits de son visage que son sommeil avait l'air profond. Il dormait comme un enfant de dix ans avec des traits irrésistiblement doux, avec sa couleur de peau bronzée avec le temps grâce aux éclats du soleil, c'est alors que je dus me forcer à retirer mes yeux de son visage...

Quand j'atteins la cuisine, j'étais seulement vêtue d'une petite culotte et d'un t-shirt long, ce qui, à mon avis, a été apprécié par un ami de Taylor qui se tenait juste devant moi en train de se boire un verre de jus d'orange...

Je poussai un petit cri de peur.

— Ah!

— Pardon! me chuchota son ami. Je suis désolé je ne voulais pas t'effrayer!

— Non non, ce n'est pas grave, c'est moi, je...

Puis je changeai de sujet :

— Qui es-tu?

— Je suis un ami de Taylor, tous les samedis matins je l'attends chez lui, on a entraînement de boxe.

— Ah, euh... mais... Il dort, là... lui dis-je un peu gênée.

— Ah, je vois, c'est ça quand on fait la fête la nuit...

J'étais maintenant plus que gênée, je sortais de sa chambre en petite culotte avec un t-shirt qui pourrait être le sien, j'avoue que cela pouvait porter à confusion... Mais je rectifiai ce que son ami venait de dire.

— Ah non, je ne suis qu'une amie de longue date mais je ne suis pas... Ou plutôt, plus sa petite amie.

— Tu t'appelles comment? me demanda le garçon.

— Je m'appelle Joy.

— Joy! dit-il d'une voix élevée qui me fit sursauter sur le champ. Non, ce n'est pas vrai, t'es sûrement une autre Joy!

— Je ne sais pas.

— Non! T'es vraiment la Joy que je pense, là?! Il t'a sauvé d'une noyade, c'est ça?

— Oui...

— C'est lui qui t'a demandé de dormir avec lui?

— Oui, parce qu'on se connaît assez pour dormir ensemble, mais il n'y a rien de plus entre nous.

— Bah dis donc, tu m'étonnes qu'il veuille que tu dormes avec lui!

Il s'arrêta, me regarda et reprit :

— Non, je veux dire ça d'une manière douce, t'es pas une bombe sexuelle, mais... Enfin tu es mignonne, ça y a pas de doute, mais Taylor m'a beaucoup parlé de toi et j'ai commencé à me faire une histoire sur toi, ou peut-être même un roman, parce qu'avec tout ce qu'il avait à raconter de passionnant sur toi, de bien t'inquiète pas... Je veux dire par là, que... Il t'aime énormément et c'est vrai qu'il m'a tellement parlé de toi que je commençais à m'impatienter de te rencontrer et... te voilà devant moi...

Il commençait à reprendre une respiration normale et à reprendre ses esprits quand il se mit soudain à reparler, mais, Dieu soit loué, beaucoup plus doucement.

— Je veux dire, c'est... C'est un honneur de te rencontrer.

Il avait réussi à aligner cinquante mots à une vitesse hallucinante, j'avais l'impression pendant peut-être deux minutes de m'être transformée en une star de cinéma avec tout ce qu'il avait pu déclarer !

— Euh... Puis-je seulement répondre.

— Ça va Geoffrey, laisse-la respirer, tu te fais du mal, dit Taylor qui venait d'apparaître dans la cuisine.

Il avait les cheveux ébouriffés et ça lui donnait un charme fou...

Je ne me souviens pas l'avoir vu comme ça la dernière fois que j'avais dormi en sa compagnie... Bon, c'est vrai qu'il était plus jeune et avait les cheveux plus longs, mais là, les cheveux courts lui donnaient une allure d'homme, qui savait ce qu'il faisait dans tout ce qu'il pouvait entreprendre. Je le haïssais, je crois, mais l'aimais bien plus...

Il s'approcha de moi et me fit un baiser brûlant sur le front, comme si dans tous les cas, j'étais sa petite amie.

— Bonjour ange des sables. Tu as bien dormi ?

— Ange des sables ? l'interrompis-je.

— Tu es dans ma région, donc près du sable, de la mer, des crustacés, etc...

— Ange de la mer, ce n'est pas plus joli ?

— Non, c'est ange des sables ! C'est tout !

— OK OK, ne t'énerve pas !

— Je ne m'énerve pas ! me contredit-il.

— Si, tu t'énerves ! lui répondis-je à mon tour.

— Non ! Geoffrey, je m'énerve là ? demanda-t-il à son ami.

— Euh... Bah...

— Bon OK !

Taylor tourna les talons et partit dans sa chambre. Qu'est-ce qu'il pouvait être susceptible.

— Tu te rappelles qu'on a entraînement et que ça fait bientôt une bonne heure que je t'attends, Kepler !

— La boxe ! Merde !

Il avait oublié, ça, on l'avait bien compris. Il courait dans tous les sens, prenait un sac et des vêtements de rechange, s'enfila des chaussures sans faire les lacets, prit les clés de sa voiture et attrapa le bras de son ami et l'emporta jusqu'à sa voiture. Une dernière fois, il se retourna vers moi.

— Je rentre dans une heure, OK !

— Moins d'une heure maintenant que tu es en retard ! rigolai-je.

— On doit prendre ma voiture, Taylor ! ajouta son ami.

— C'est la course aujourd'hui ! criait Taylor.

— Oui laisse-moi ta voiture, je vais en avoir besoin !

Il se retourna, me regardant d'une manière qui me fit bien comprendre qu'il ne voulait pas que je touche à son précieux bébé.

— J'en prendrai soin, c'est pour aller faire des courses !

— Tu ne peux pas attendre que je rentre ? m'objecta-t-il.

— TAYLOR ! cria Geoffrey.

— Oui, on y va ! Vas-y prends-la, mais fais attention, je t'en prie !

Et il insista bien sur le « Je t'en prie », comme si j'avais mon permis depuis seulement deux jours.

Je remontai à l'appartement, et envoyai tout de suite un message à Samuel.

« À onze heures sur la plage. »

Je continuai mon chemin jusqu'à la salle de bains pour me prendre une douche rapide.

Je sortis, m'enfilai un jean et un débardeur, pris les clés de la voiture de Taylor qu'il m'avait du coup envoyées en pleine figure avant de s'enfuir, puis partis pour la plage de Nauzan.

Je me garai tout près, et vis de loin le visage de Samuel en train de scruter l'horizon. Heureusement, il n'y avait pas un chat, je ne voulais pas que des oreilles sensibles entendent notre conversation.

Tout à coup, je sentis la même odeur de parfum que l'autre soir, je fermai les yeux et examinai si les plusieurs odeurs qu'il contenait étaient exactement les mêmes qu'hier.

Mais Samuel me coupa dans mon élan.

— Salut, me fit-il.

— Ah, salut, ça va?

— Oui, j'attends avec impatience tes propos.

— Je voudrais d'abord te poser quelques questions si ça ne te dérange pas...

— Oui d'accord, vas-y.

— On marche?

Puis nous nous mîmes à longer la plage en discutant.

— Tout d'abord, connais-tu un certain scientifique Hollow?

— Hollow? Il n'y a pas un prénom?

— Non, il n'y a pas de prénom.

— Alors non, ça ne me dit rien.

— Pourquoi, tu connais un Hollow?

— Ah non, ce n'est pas ce que je voulais dire.

— C'est sûr?

— Oui oui, certain, je ne connais pas de Hollow avec ou sans prénom.

— OK... Bon, la suite la voilà, tu as... des dons, c'est ça?

— Je suppose, avec ce que tu m'as dit hier soir, tout est possible.

— Tu éclates des objets par la pensée lorsque des sentiments très forts t'envahissent?

— Oui, enfin les objets les ressentent et vu leurs petites tailles, ils explosent.

— Ils sont toujours petits, c'est souvent quoi ? Des verres, des vases ?

— Oui, et des porte-bougies.

— Donc, c'est toujours très petit, ou trop pour contenir tant de sentiments forts.

Je réfléchissais un instant et le pris par la main.

— Viens, lui dis-je.

— On va où ?

— Dans un endroit où il n'y a que des grands objets pour contenir tes sentiments.

Il monta dans le siège passager à côté de moi et nous partîmes dans un magasin de meubles et de décoration.

— T'es folle, on ne va pas faire exploser des objets dans un magasin !

— Non, je vais te les acheter et tu vas les mettre à la place de tout ce que tu as de petit dans ta chambre et tu vas faire l'expérience.

— C'est ridicule.

— Tu veux savoir d'où provient ton don, oui ou non ?

— Oui !

— Alors, ce n'est rien de ridicule !

Nous entrâmes dans le magasin et j'achetai au moins six vases énormes et deux pots de fleurs géants.

— Trente-deux euros s'il vous plaît, me fit la caissière.

Je sortis les sous de ma poche mais Samuel me pencha un billet de vingt sous le nez.

— Ça t'évitera de faire de grosses dépenses pour rien. T'as plus que douze euros à donner, me fit Samuel.

— Au moins, tu peux être sûr que tu sais compter !

Il rit. Et nous partîmes aussitôt, en ayant un peu de mal à tout mettre dans le coffre.

— Taylor va me tuer quand il va voir l'état de son coffre. Tant pis, je lui dois bien ça !

— C'est qui Taylor ? me demanda Samuel.

— C'est celui qui était avec moi à la plage l'autre soir.

— Ah, celui qui a aussi des dons ?

— Oui c'est ça. Tu veux venir boire quelque chose à la maison avant que je te ramène chez toi ?

— Non, ça va merci, je suis un peu fatigué ces derniers temps, je ne sais pas pourquoi d'ailleurs.

— Tes dons peut-être.

— Ça t'a fait quoi, toi ?

— Moi j'en sais rien, à chaque fois j'étais à l'hôpital, donc on m'injectait assez de calmants pour ne pas sentir la fatigue, ou encore la douleur, mais la fatigue je la sentais tout de même. Mais si tu es crevé, repose-toi, c'est crevant de devenir complètement différent des autres.

— Merci de m'aider, sans toi j'aurais peut-être réagi autrement et n'aurai pas su quoi faire, face à cette situation.

— De rien.

Je le ramenai chez lui et déposai les pots par terre.

— Laisse, je vais m'en occuper, me dit-il.

— T'es sûr ?

— Oui oui, c'est bon. Passe quand tu veux, Joy, et merci encore.

— Au fait, Sam ! Si un jour tu rencontres un Hollow, ne lui dis rien de tes dons.

— Pourquoi ?

— Fais-moi confiance si tu ne veux pas devenir une bête de cirque pour le reste de ta vie.

— OK j'ai compris, je n'oublie pas.

— Et ne parle de nous à personne !

— Oui oui, d'accord !

— À plus tard Sam.

Il me fit signe d'un au revoir de la main et je filai. Taylor devait être rentré depuis longtemps, j'allais me faire incendier !

Chapitre 17

DONS AU COMPLET

Je rentrais doucement dans la maison pour ne pas trop me faire remarquer, déjà que j'allais en prendre sûrement plein la figure, alors autant ne pas faire n'importe quoi, d'autant plus que je n'étais pas chez moi...

L'odeur de la maison me faisait penser à une odeur de mon enfance, un parfum d'enfant plus précisément, « Pomme d'api », je crois. Je fermai les yeux, puis, des pas se rapprochaient de plus en plus rapidement. Vu la lourdeur de ceux-ci, je pouvais en juger que c'était des pas d'hommes.

— T'étais où ? hurla Taylor enragé.

J'avais les yeux toujours fermés car plusieurs bruits sifflaient autour des cris de Taylor qui continuait à dire des sottises. J'entendais « Samuel », ou encore « confiance », je ne comprenais pas grand-chose des paroles qu'il m'envoyait, mais les bruits autour m'intéressaient beaucoup plus. Mais à cause de Taylor je n'entendais pas.

— Taylor la ferme ! lui criai-je.

Il s'arrêta net de crier, et je refermai les yeux. Au final tout s'était éclairci, ce n'était pas des bruits que j'entendais, mais des voix brouillées par je ne sais quoi.

— Quoi ?

— Chut ! lui soufflai-je.

Il se retourna et se détendit mais pas totalement, il plaça ses mains sur sa tête et me regardais d'une manière bizarre, les traits de son visage étaient tendus et ses lèvres se plissaient et se collaient l'une contre l'autre. Il était énervé, mais je voulais savoir d'où venaient ces voix, et surtout pourquoi...

— J'entends des voix...

— Quoi ?

— J'entends des voix !

— Elles disent quoi ? me demanda Taylor.

— Je ne comprends pas... Elles sont brouillées, comme une radio qui grésille.

— Concentre-toi !

— J'essaie mais tu me stresses, là !

— J'ai rien dit !

— Si, tu cries comme un imbécile acharné !

— Je crie, là ?

— Plus maintenant mais tu m'as quand même mis une sacrée pression ! Alors chut.

Je me concentrais de nouveau sur les voix que j'entendais mais tout d'un coup, plus rien.

Le vide dans la maison.

— Merde, fait chier !

— Quoi ?

— Je les ai perdues, répondis-je dégoûtée.

Taylor baissait les yeux et se sentait coupable.

Je le regardais d'une manière où, d'un côté je lui aurais sauté dessus pour le tuer, et d'un autre, il me faisait pitié.

— Tu... Tu m'énerves à t'énerver pour un rien, et... J'en peux plus, tu m'épuises, pourquoi... Pourquoi tu ne redeviendrais pas comme avant, le Taylor que j'avais connu il y a quatre ans ?

— Parce que les gens changent.

— Mais toi c'est différent ! Tu es devenu une machine alors que tu étais un garçon gentil et limite sans défense, et... Tu n'es plus comme avant et je te regrette. L'ancien Taylor me manque.

Je me mis à sangloter et à tendre la main sur son visage parfait. C'est vrai que son visage n'avait pas terriblement changé, à part ses yeux qui s'étaient repliés à cause de sa mâchoire qui était devenue plus musclée, et qui donc repliait les traits fins de son visage d'avant.

— Joy... me fit-il doucement. Mes sentiments n'ont jamais changé, surtout envers toi. Ma peau, mes bras, mes jambes ou encore mon visage sont peut-être plus rudes, mais mon cœur est toujours le même, et peut-être même plus fragile ces derniers temps.

Il frôla mon menton de ses doigts pour relever ma tête vers lui.

— Je t'aime Joy, depuis le premier jour... Je t'aime et je n'ai jamais cessé.

— Te souviens-tu vraiment du jour de notre rencontre ?

— Je le connais par cœur, me fit-il joyeux. Tu étais assise sur la plage...

Il continuait à me décrire le moment parfait, le moment où, dans ma vie j'ai ressenti un plaisir fou à rencontrer une personne, un moment où, quand tout va mal sur le moment, un ange tombe du ciel et vous tend la main et vous fait un sourire qui vous dit : « Tu verras, là où je t'emmène le malheur n'existe pas »... Mais je m'y suis peut-être trop fiée aussi à ses paroles...

— Tu déprimais à première vue, et je suis arrivé seul, te voyant te retourner vers moi et me disant : « Vous cherchez quelque chose ? », et je t'ai répondu que non, que moi aussi j'étais seul et que la lune avait emporté mes bonheurs. Et là tu m'as répondu ?...

— « Si la lune vous a emporté vos bonheurs, moi elle m'a emporté mon âme ».

Cette phrase avait été du tac au tac ce soir-là. En effet, je venais de me disputer avec ma mère à cause d'une sottise, comme toujours, mais pendant cette dispute, qui était pendant un repas à la résidence devant plein de personnes, elle s'était mise à insulter mes choix futurs et mes goûts vestimentaires, ce qui m'avait mise hors de moi, et qui m'avait également vexée, je suis alors partie la traitant d'hypocrite et de mauvaise mère... Ce que je ne pensais en aucun cas.

Pendant une demi-heure j'avais marché jusqu'à la plage de Royan, où une grande et longue arcade se trouvait et où les gens s'y baladaient dans la joie et la bonne humeur.

Perdue dans mes pensées, Taylor me fit revenir à la réalité en fredonnant mon prénom. Je le regardais et à ce moment-là... Et je ne sais si c'était stupide ou pas mais... j'avais envie de lui, comme au premier jour.

— Je t'aime... lui chuchotai-je.

À ces mots, Taylor glissa sa main sur ma nuque en remontant ses doigts dans mes cheveux. Mon cœur battait de plus en plus vite, le moment était intense. Il déposa tout à coup ses lèvres contre les miennes. Nos corps étaient liés, j'entendais même son cœur battre contre ma poitrine.

Je ne savais pas ce qui nous prenait, mais Taylor m'entraîna jusqu'à sa chambre en refermant la porte, il m'allongea en douceur sur son clic-clac et retira de ses mains bouillantes mon débardeur.

— Qu'est-ce que tu fais? l'interpellai-je.

— Ce qu'on aurait dû faire il y a quatre ans...

Enfouie dans ses bras je ne pouvais me débattre, même si l'obsession que j'avais envers lui me donnait envie de lui, j'avais peur... Mais après tout, je le voulais, alors pourquoi hésiter...

Quelques heures plus tard, je me trouvais assise sur une chaise dans la cuisine, je réfléchissais, un peu trop, mais assez.

Puis j'entendais du bruit dans la chambre, Taylor venait de se réveiller. En quatre ans j'avais fait avec lui, ce que je n'aurais pas osé faire plus jeune, même si l'envie m'en démangeait, je ne pouvais pas... Aujourd'hui je n'avais plus quatorze ans.

Je me retournai vers Taylor et trouvai son regard terrifié. Je me levai et marchai jusqu'à lui. Il était recouvert de brûlures sur le torse, sur les bras... Sauf sur les jambes et les cuisses, et heureusement aucune sur le visage.

— Qu'est-ce que... c'est?... C'est quoi? lui demandai-je en sanglotant.

— À toi de me le dire.

— Qu'est-ce que je t'ai fait? lui dis-je en me mettant soudain à pleurer.

Il m'attrapa les bras sèchement avec ses deux mains et me regarda droit dans les yeux.

— Joy, tu ne m'as rien fait, d'accord! Considère plutôt que c'est le dernier de tes dons qui s'est manifesté!

Mon dernier don? Le toucher... Mais alors si le dernier est le plus défensif et envers tout... Je risquerais de tuer quelqu'un, n'importe qui!

— Le dernier don... OK... Et je crois le plus dangereux.

— Chacun de tes dons est à prendre au sérieux Joy, si tu as bien remarqué à chaque fois qu'un se manifestait, tu étais à l'hôpital, donc tu ne pouvais pas t'en servir, là, c'était un peu costaud, et puis tout ce que tu as ressenti était fort, du moins j'espère, mais trop fort pour toi et ton don.

J'acceptais l'explication que m'avait donnée Taylor encore un peu déçue de ce que je lui avais infligé cette nuit...

— Je ne veux pas te faire de mal... Je t'aime et si à chaque fois que nous deux...

J'arrivais à peine à dire la phrase « faire l'amour », car pour moi ce n'était pas le cas pour nous, autant le dire, nous n'étions pas des jeunes normaux, et faire l'amour comme des adolescents normaux n'était pas réellement le cas. Nous étions bien trop évolués pour être comme les autres.

— Je t'aime Joy, et je me fiche de ce que tu penses !

— Qu'est-ce que tu veux dire exactement par « tu te fiches de ce que je pense » ?

— Qu'on soit en train de s'embrasser et que tu me brûles les lèvres ou que l'on fasse l'amour et que tu me recouvres de brûlures ne me surprend pas du tout et ne me fait en aucun cas peur.

— Tu te fous d'être brûlé par ma faute ?

— Joy...

Mais je le coupai aussitôt.

— Je ne veux pas... Tais-toi ! Je t'en supplie tais-toi, je ne veux plus en parler. Et tant que je n'aurai pas assez d'assurance envers mon toucher, toi et moi on ne pourra pas...

— ... faire l'amour, m'aida-t-il à dire.

— Oui... Je ne veux pas faire ça avec toi si c'est pour te retrouver couvert de blessures quelconques après. Et c'est peut-être seulement le début de son développement.

— J'ai confiance en toi Joy, j'attendrai le temps qu'il faudra, et t'aiderai si tu veux pour que tu retrouves confiance en toi.

Sur ces mots, il m'offrit un dernier baiser avant de me serrer dans ses bras.

CHAPITRE 18

VISIONS

LE LENDEMAIN MATIN, Taylor et moi allions faire quelques courses. Ce jour-là je me sentais faible, je trouvais que ma vue était brouillée, floue, des bruits sifflaient dans mes oreilles, toutes les odeurs fortes à côté desquelles je pouvais passer me piquaient le nez, et enfin, la chose la plus horrible que je pouvais sentir bouillir dans mon corps, c'était mon sang, il circulait à une telle force qu'il me donnait mal à la tête quand il se faufilait dans les parties veineuses de mon cerveau.

J'avais l'impression d'être recouverte d'hématomes tellement il me brûlait. Mais je n'en touchais pas un mot à Taylor si c'était pour qu'il s'inquiète toute la journée, et qu'il me demande sans cesse si tout va bien.

Mon portable sonna tout à coup et, pour être franche, je ne savais pas qui pouvait m'appeler si tôt le matin.

— Allô ?

— Salut ma puce comment ça va ?

Ma mère, il y avait longtemps, elle prenait des nouvelles, c'était bien trop sûr.

— Oui maman ? Ça va bien, un peu fatiguée mais ça va. Et toi, tout le monde, comment ça se passe ?

— Tout va bien, je t'appelle un peu sur mon temps libre, tu imagines bien.

— Oui je me doute, enfin tu retrouves du travail, et je ne dirais pas grâce à moi.

— Ne dis pas ça, je préfère que tu aies subi quelque catastrophe, et que tu en sois sortie vivante ! Tu as une sacrée chance ! Bref, ce n'est pas pour ça que je t'appelle. C'est seulement parce que j'ai reçu un appel hier soir en fin de journée, et c'était Nicolas.

Nicolas... Depuis le temps, je pensais qu'il ne voulait plus me parler celui-là ! Je n'avais pas eu de ses nouvelles depuis mon problème au lycée, là où j'avais interpellé tous les professeurs à cause d'un soi-disant malaise ridicule. Même quand j'étais dans le coma, il n'avait jamais donné signe de vie...

— Ah, et que voulait-il ? demandai-je à ma mère.

— Il prenait de tes nouvelles.

— Il serait temps, depuis des mois je n'ai pas de ses nouvelles ! Et j'ai un portable aussi, il ne sait pas ce que c'est ?

J'étais déçue par son attitude, mon meilleur ami, absent pendant tout ce temps, ne me donnant aucune nouvelle, me laissait derrière lui, comme il le faisait pour son passé.

— Il n'a pas justifié pourquoi il était mort ?

— Mort ? s'étonna ma mère.

— Bah oui, pour moi il l'était.

— Ah non, il m'a juste dit : « Dites à Joy que je l'aime et qu'elle me manque ». C'est tout.

— Quel imbécile, il ne sait pas me le dire par message ça ? Bon, je vais essayer de l'appeler.

Taylor me jeta un regard furtif qui en disait long.

— Je te laisse maman, on fait des courses. Je t'aime.

— Ah d'accord, je t'aime aussi, me murmura-t-elle juste avant de raccrocher.

Taylor me regardait avec insistance, contemplant mon portable pour voir si j'allais l'appeler, mais je préférais le ranger, et l'appeler plus tard, et seule...

— Tu dois appeler qui ? me demanda Taylor d'une voix sombre et presque cruelle.

— Mon meilleur ami.

— Nicolas ?

— Oui.

— Ne l'appelle pas.

— Pourquoi tu dis ça ?

— Il est faux !

— Tu ne le connais pas, alors oublie s'il te plaît, et occupe-toi de tes affaires. Si tu es jaloux, arrête tout de suite de te faire du souci.

— Pourquoi ? Tomber amoureux de son meilleur ami ça n'existe pas ? Tu aurais vu comment tu as réagi quand tu as ressorti que tu n'avais plus de nouvelles de lui depuis des mois !

— Arrête Taylor, je t'en prie. Pas maintenant.

— Plus tard alors ? Quand tu seras disposée à parler de lui ? Il n'est pas comme toi ! Oublie-le.

— La ferme !

Je me retournai, folle de rage face à Taylor. Il me regardait maintenant avec des yeux écarquillés qui me donnaient presque envie de hurler... Je ne me voyais pas, mais imaginais déjà la suite. Quelque chose d'inhumain venait de s'attarder sur mon visage pâle, et j'ignorais encore ce que c'était, mais j'avais peur, tout me faisait réellement peur aujourd'hui, ce comportement, ces attitudes corporelles qui me torturaient encore de l'intérieur, et voilà qu'une petite dispute venait de déclencher autre chose.

— Quoi ?

— Tes yeux ?

— Quoi mes yeux ? Parle !

— On dirait comme au premier jour, ils sont... Ils sont redevenus normaux, juste là sous mes yeux.

Les vaisseaux de mon cerveau clapotaient encore contre la peau de ma tête, j'avais l'impression que mes veines ressortaient, et que le sang qui bouillait il y a quelques minutes, était maintenant brûlant, prêt à détruire toute la race humaine qui m'entourait.

Je regardais autour de moi, voyant toujours aussi flou, avec des odeurs variées et trop puissantes pour mes narines, et tant de bruits qui me crispaient la tête, j'étais déboussolée comme un aigle en cage.

— Ça va, Joy? me demanda Taylor inquiet.

— Il faut qu'on rentre, je ne me sens pas bien.

Sans réfléchir, il me prit contre lui et reposa le peu de courses que nous avions pris auparavant.

Il marchait avec moi jusqu'à la voiture et m'assit sur le siège passager. J'étais plus faible que tout à l'heure, je me laissais tomber tellement je sentais que mes membres ne faisaient plus partie de mon corps.

— Taylor, dépêche-toi.

C'était les derniers mots que j'avais prononcés avant de m'évanouir.

La raison me reprit quand Taylor me portait dans ses bras pour me rentrer dans la maison, mais quelqu'un se tenait devant la porte, lui faisant barrage. Mon ouïe était trop endommagée et sourde pour que je puisse entendre la conversation, et entendre qui était la personne devant la porte, qui s'apprêtait maintenant à aider Taylor, je n'étais donc plus dans les bras de celui-ci, mais...

... D'un autre homme à ce que je pouvais en déduire. D'ailleurs, autre remarque, il me parlait, mais je ne comprenais rien.

Taylor lui fit signe de me poser sur le clic-clac dans sa chambre, puis ils disparurent tous deux en refermant la porte de la chambre, me laissant seule.

Je décidai alors de me rendormir, puisque de toute manière j'étais encore trop épuisée et anéantie par les événements.

Un peu plus tard, quand le sommeil s'était estompé, je me frottais les yeux, baillais et regardais dehors. Le jour avait disparu et la nuit l'avait remplacé. Mais quelle heure était-il ?

Dans la cuisine j'entendais plusieurs voix et essayais de les distinguer, il y en avait... trois exactement, dont deux très familières et une autre moins, mais que je commençais à connaître.

Taylor, logique. Jérémy, réponses dès que j'allais lui demander ce qu'il fichait ici. Et le dernier, je pensais que c'était Sam.

Je me levai, enfilai un jogging et un t-shirt avant de les rejoindre.

— Il y a quelqu'un qui m'a déshabillée quand il m'a couchée ? demandai-je.

— Tu as dû le faire toute seule, mais tu ne t'en es pas rendu compte, me reprit Taylor.

J'avais dit vrai, Sam et Jérémy étaient là, ce dernier se leva et me prit dans ses bras.

— Qu'est-ce qui t'es arrivé encore, ma petite Joy ?

Sans réfléchir je me dirigeai vers Sam pour lui dire bonjour, et ensuite vers Taylor pour l'embrasser.

Jérémy me regarda sans rien dire, mais je savais ce qu'il pensait, et ce qu'il en pensait.

Taylor et moi, pour lui, ce ne devait pas exister parce que Jérémy ne supporte pas que je souffre pour Taylor.

Je le regardais à mon tour et lui transmis quelque chose par la pensée. Du genre « Ne te mêle pas de ça ».

— Me mêler de quoi ?

Taylor et Sam le regardaient comme s'ils pensaient qu'il était fou.

— Hein ? dit Taylor.

— Tu parles tout seul maintenant, Jérémy ? le taquinai-je.

— Oh très drôle, petite maline, me rétorqua ce dernier.

— Je sais ça.

— De quoi vous parlez? demanda Taylor, agacé.

— La ferme, bougre d'âne! lui répondit Jérémy.

— Ah ah, très drôle! C'est fou l'humour que t'as, mec!

Jérémy ne cessait de rire comme un abruti, et je me penchais vers Taylor pour l'embrasser pour qu'il arrête de s'énerver.

— Non, c'est abusé... Regarde-le! me fit-il en montrant Jérémy du doigt qui le taquinait encore.

— C'est ça le jeu, fit Jérémy.

— Ça va, Jérémy, stop, lui dis-je.

Pendant que tous deux n'arrêtaient de se taquiner, du moins Jérémy qui taquinait Taylor, je recommençais à inhaler le parfum que j'avais senti sur la plage. Sam me regardait, en train de contempler le vide et de froncer les sourcils. Je cherchais à savoir de quel côté ça venait, je fermais les yeux et tout à coup, des flashs se mirent à traverser mon esprit, je voyais, quatre personnes sur une plage, du sang... Deux corps étendus sur le sable... Plein de taches rouges... Et...

— Ah! Mon Dieu, mon Dieu! criai-je les larmes aux yeux.

— Quoi! Qu'est-ce qu'il se passe?!

— J'ai vu... J'ai vu...

— Tu as vu quoi? demanda Jérémy.

— J'ai vu des corps, du sang, certains erraient sur la plage, sans vie... Mais le pire...

— Quoi! C'est quoi le pire? insista Taylor.

— Je crois que c'était nous...

— Nous? s'exclamèrent Taylor, Sam et Jérémy.

D'un geste furtif de la tête, je continuais.

— Nous...

Jérémy, Taylor et Sam se regardèrent... Leurs yeux me parurent trop froids et trop aveuglés par ce que je venais de leur apprendre.

— Bon alors... On fait quoi? demanda Jérémy en regardant Taylor et Sam.

— J'en sais rien, apparemment tu as des visions Joy, mais j'ignore encore si elles montrent vraiment ce qui va se passer, ou si ce n'est qu'une simple vision, et de surcroît fausse! répondit Taylor.

— T'en penses quoi, Sam? dit Jérémy.

— Euh... Je ne suis pas encore professionnel, moi! Mes dons ne sont pas encore vraiment professionnels comparés aux vôtres!

— Jérémy n'en a pas, protesta Taylor.

— Qui te dit que je n'en ai pas?...

Taylor et moi nous sommes retournés et regardions Jérémy avec obsession.

— Et tu ne m'as rien dit! m'énervai-je.

— Qu'est-ce que ça aurait fait si je te l'avais dit?

— Qu'est-ce que ça aurait fait? Tu m'as toujours dit qu'il fallait qu'on se dise tout! Tu es un égoïste et un imbécile!

— Stop! Ce n'est pas maintenant qu'il faut nous entretuer! Il faut qu'on se serre les coudes, là, et que nous ne nous énervions pas pour un rien. D'accord? dit Taylor en me jetant un regard ainsi qu'à Jérémy. Et puis je te rappelle, Sam, que Joy est aussi en train d'évoluer les siens, donc vous êtes deux.

— Eh bah... Vous avez confiance en nous, alors!

— Il suffit que tu sois sûr de toi, mais tu fais partie de nous maintenant, il faut que tu te le dises, tu n'es plus un adolescent normal...

— Ça... Je veux bien l'admettre.

— Bon, Joy... continua-t-il.

Dans l'obsession de Jérémy, je me détournais de lui pour regarder Taylor qui s'adressait à moi.

— Il faut que tu saches d'où provient ce parfum, que nous puissions l'identifier.

— Mais je le sens plus, là.

— Il faut attendre qu'elle le ressente et ce ne sera peut-être pas aujourd'hui, objecta Jérémy.

— Je sais ! Je t'ai fait passer quelque chose par la pensée tout à l'heure ! Pourquoi tu ne m'as pas dit que tu lisais dans les pensées !

— On n'en est pas là, Joy !

— Je veux savoir, j'aurais pu le deviner, mais je ne pensais pas ça possible. Maintenant que je sais que de toute manière, l'irréel existe, c'est bon, je sais quel est ton don. Et en as-tu d'autres comme ça en réserve ?

— Joy, tu vas m'obliger à devenir impoli, me prévint-il.

— Pourquoi vous mentez tous autant que vous êtes ! Toi, Taylor ! À quand la vérité !

Jérémy s'approcha de moi et me prit les muscles de mon bras avant.

— Arrête, Jérémy, tu me fais mal.

Il serra plus fort encore.

— Jérémy ! criai-je.

— Arrête, c'est bon... l'arrêta Taylor.

— On ne te ment pas. On essaie juste de préserver nos vies comme elles devraient paraître. Normal.

— À moi, c'est différent. À présent, je suis comme toi, alors je ne vois pas en quoi ça jouera sur ta vie, rétorquai-je.

— Tu ne sais pas de quoi tu parles encore réellement.

— Ha oui... À cause de mes dons, je semble peut-être invincible à vos yeux puisque je me régénère, mais figure-toi que j'ai quand même un cœur, et pas de pierre ! Mes pouvoirs sont un poids que je porte avec difficulté, parce que j'aspire surtout à une vie normale, moi !

Et entourée de tous ceux qui ne s'inquiètent que pour moi en ce moment.

Sam me regardait avec pitié, il semblait s'inquiéter pour lui-même avec ce qui m'arrivait de récent.

— Je suis désolée, j'aurais voulu que tu ne voies pas cela, maintenant tu vas t'inquiéter et, tu vas sûrement être fragile.

— Non... Justement, s'imposa-t-il enfin. Tu me donnes envie de me battre pour ne pas sombrer dans la dépression. Parce que si nous sommes comme cela, c'est que l'on compte sur nous aujourd'hui pour ne pas tuer le monde. Je suis prêt...

— Eh bah, voilà, on est au complet! fit Jérémy tout heureux.

— Taylor! criai-je. Tu veux le laisser utiliser son pouvoir alors qu'il n'en a pas encore une grande connaissance?

— On va le former.

— Je n'ai pas de preuve encore qu'il va se passer ce que j'ai vu, Taylor. Mais j'y pense... C'est bizarre... On dirait que mes dons se rassemblent. Lorsque j'ai senti le parfum, j'ai vu tout de suite les flashs, ou alors, je vois ce que le parfum a en lui. Ça pourrait être ça, non?

— Ou alors, tu vois les pensées de la personne qui porte ce parfum.

— J'ai dit que c'était un parfum qui contenait une fleur d'un pays chaud...

Je réfléchis, et repris :

— La Fleur Vénus, c'est sûr... Elle contient un arôme de douceur qui cache la colère. Et l'autre, j'ai dit d'une fleur française... Euh... La rose, tout simplement, mais avec une odeur plus particulière, une vague de sucre transpercée par une amertume de sang salé.

— Tu en es sûre? Parce que la Fleur Vénus, je ne connais pas trop, rigola Jérémy.

— Laisse parler mon odorat, il sait ce qu'il sent.

C'était ça et c'était sûr, ces deux fleurs correspondaient bien au parfum d'une seule personne qui ne pouvait se le créer que soi-même.

— Jonathan...

— T'es sûre? demanda Taylor.

— Sûre! Quand il m'embrassait, c'était les deux parfums qui me restaient sur le bout des lèvres.

Taylor faisait la moue mais c'était la vérité, le seul parfum de lui qui restait imprégné sur mes lèvres, c'était son parfum. D'ailleurs, les deux fleurs ne faisaient pas du parfum un qui ne sentait que les fleurs, il avait une odeur bien différente et savoir qu'il y avait deux fleurs dedans aurait été impossible à découvrir par de simples humains. C'était son parfum personnel. Qui n'identifiait que lui.

— On va attendre que tu le ressentes, et puis on verra bien ce que tu verras.

Sur ce, Jérémy et Sam allaient rentrer chez eux, il se faisait tard et mes yeux commençaient sérieusement à fatiguer.

Jérémy décida de raccompagner Sam chez lui ce soir-là. Nous nous souhaitions bonne nuit, et Taylor les raccompagna jusqu'à la porte.

Et moi, j'allais me coucher tout de suite, la journée avait été longue et dure, et j'appréhendais pour celle de demain. J'appréhendais chaque jour de toute manière, avec les évolutions qui se passaient, les rencontres, les visions, etc. Il y en avait beaucoup, au départ j'appréciais, mais là je commençais à devenir méfiante et peureuse pour la suite.

Chapitre 19

DÉCOUVERTES

Ma nuit avait été très agitée, et je pensais avoir réveillé Taylor plusieurs fois, mais il n'en disait rien. Cependant, quelque chose était la cause de mon agitation. Le parfum. Je le sentais encore, et pour cette fois-ci, je préférais me débrouiller toute seule. Je me levais sans trop faire de bruit pour ne pas réveiller Taylor, m'enfilai le jean posé juste devant moi et gardai le débardeur que j'avais pour dormir.

Je partais ensuite jusqu'à la cuisine en suivant la trace de l'odeur, et celle-ci me mena jusqu'au dehors de la maison.

Je cherchais par tous les moyens à croiser le regard de Jonathan caché dans les buissons du voisin, mais je ne le vis pas, je m'avançai tout de même pour persister à le trouver, c'est alors que je me mis à l'appeler tout doucement. D'un coup, j'entendis un bruit dans les feuillages près de la maison du voisin. Mon cœur battait de plus en plus vite, comme quand il atteignait les quatre-vingt-dix lorsque je me mourais à l'hôpital.

— Jo ? Tu es là ? Jo ?

Mais rien, comme s'il n'y avait au final que le parfum, et rien d'autre.

Taylor ouvrait la fenêtre de la chambre tout à coup et me dévisagea comme si j'avais fait une bêtise comme un enfant qui ne sait pas encore ce que veut dire ce mot.

— Quoi? chuchotai-je encore.

— Tu rentres... Grouille!

Je rentrais immédiatement sous l'ordre de Taylor. Je savais que j'allais me prendre une vague en pleine figure parce que je sortais seule et sans quelqu'un pour m'accompagner et me protéger.

— Tu faisais quoi dehors?

— Rien, j'avais...

— Entendu un bruit? Vu un vampire? m'interrompit-il.

— Je...

— Ou quoi? Entendu une chèvre dans le jardin! Tu cours un danger à ne pas prendre à la légère, mais tu continues à sortir dehors seule! Comme une guerrière! Tu n'es pas dans "Underworld", là! Tu n'es pas une guerrière Joy! Alors ton parfum, si tu le sens encore, tu m'appelles c'est clair!

— Oui... lui répondis-je avec un air de condamnée.

Mais il parvint à me l'ôter en me prenant sur le champ dans ses bras.

— Je ne veux pas te perdre, c'est tout... Je t'aime, j'ai peur pour toi.

— Moi aussi je t'aime Taylor, mais, je veux résoudre ça sans vous impliquer dedans. C'est moi qu'il veut, pas vous, et je ne veux ni te perdre, ni perdre Jérémy et Sam, ils font tellement trop pour moi. On forme comme un nouveau clan de nouvelle génération d'humains, c'est... épatant.

— Nous ne sommes pas de nouvelle génération d'humains, Joy.

— On est quoi, alors?

— Nous avons un nom.

— Et c'est quoi?

— Nous sommes des « Jack's ».

— Des Jack's? Pourquoi des Jack's?

— Hollow et ses supérieurs nous ont appelés comme cela depuis maintenant des milliers d'années. Il y en a eu avant nous, mais ils n'étaient pas exposés au monde, et étaient même rejetés par Hollow lui-même, je ne sais pas ce qui lui a pris de nous aimer tant d'années après. Pour eux, le mot Jack's est un code, parce qu'il représente chaque début de prénom ancestral des supérieurs de Hollow, dont le sien. Il y a « John Hollow », qui était le frère aîné du scientifique, il est mort d'une maladie qui avait été en lien à une morsure de cannibale en mille sept cent deux, il lui a injecté un virus très rare dans le sud de l'Afrique, il n'y a cependant pas survécu, il est mort trois minutes après la morsure.

Je le regardais en écoutant bien chacun des mots qui sortaient de sa bouche. Bon déjà, ça faisait une mort qui avait dû taper sur le système de Hollow, d'autant plus que c'était son frère. Bref continuons.

— Ensuite, « Astrid Hollow » la sœur cadette des deux frères, qui elle, s'est fait assassiner lors d'un combat d'armes, deux ans après la mort de John, elle a utilisé sa dernière balle pour Napoléon.

— Tu te moques de moi!

— Oui, c'était pour voir si tu suivais. Tu aurais vu ta tête! dit-il en riant. Bref, non elle l'a utilisé pour tirer dans le crâne d'un soldat qui avait tiré dans la cuisse de Hollow lors du combat, trois de ses hommes lui sont tombés dessus et l'on tuée sans attendre.

— Barbares...

— C'est vrai, approuva-t-il. Après, il y a « Clotilde Score ».

— Beurk, elle a le même prénom que ma mère.

— C'est la sœur de Kevin, qui faisait aussi partie de la bande, c'est la quatrième lettre de « Jack's ». Ces deux-là étaient les plus spéciaux de la bande, Clotilde et Kevin faisaient beaucoup de coups en douce aux Hollow, ils voulaient prouver qu'en s'alliant, ils seraient tous obligés de mener leur propre enquête, « famille par famille ».

— C'est ridicule.

— Mais c'est comme ça.

— Que leur est-il arrivé à eux?

— Ils sont partis, sans rien dire, ils ont, on va dire, démissionné du clan, et c'est de là que le clan Jack's n'a plus existé. La chose la plus étrange, c'est que la mort de John et l'assassinat d'Astrid sont parvenus quelque temps après leur disparition. Alors je pense que Hollow soupçonne Kevin et Clotilde d'être derrière tout cela. Mais bon, ce n'est pas notre guerre.

Je réfléchissais un instant, et s'il avait tort, si au contraire c'était la nôtre! Je savais pour quelle raison.

— Au contraire... Je pense que si.

— Quoi?

— Si Hollow à su que nous allions devenir des humains différents dotés de dons résistants, c'est que ça veut tout dire, Taylor!

— Je ne te suis pas.

— Il est ivre de vengeance et c'est pour cela qu'il nous veut! Il ne veut pas faire de nous des bêtes de foire, c'est ce qu'il veut nous faire croire! Tu as dit que les Jack's ont existé il y a des milliers d'années. Kevin et Clotilde, personne ne les a retrouvés morts encore?

— J'en sais rien.

— Et Hollow! Il est vivant, alors comment t'expliques ça? Il n'y a que John et Astrid qui sont morts. Ce sont des immortels, Taylor. Et donc Hollow veut créer sa propre armée pour nous faire combattre contre Kevin et Clotilde pour sa vengeance, si tout cela n'avait pas existé... Nous ne serions pas les joyaux de Hollow, et nous aurions peut-être une vie normale.

Je m'arrêtai et baissai la tête, puis repris.

— J'aurais une vie normale... J'aurais peut-être pu devenir une grande actrice, mon rêve, vivre aux côtés de celui que j'aime, et... peut-être avoir un enfant de lui, et avec un magnifique mariage dans le passé, et une magnifique maison installée au Canada, pourquoi pas ?

Je m'arrêtais, lui pris les mains et me penchais vers lui pour l'embrasser.

— Ma vision... Les corps sur le sable, je pense que c'est sa guerre et que nous allons en subir les conséquences, lui chuchotai-je à l'oreille.

— Nous n'exaucerons pas ses désirs, je l'ai déjà dit. Il est hors de question qu'il t'arrive quoi que ce soit et que je te perde.

— Il faut lui parler, répondis-je alors.

— Et lui dire quoi ? « Bonjour Monsieur Hollow, on a découvert pourquoi vous nous voulez, vous êtes ivre de vengeance, et patati et patata ». Et Jérémy, il nous en a parlé lui ? Non. Et Sam... Tu penses qu'il a découvert son secret ? Pas encore. Alors on va s'en aller vivre ailleurs pour le moment et il nous oubliera, c'est tout.

Je le regardais avec des yeux noirs tellement son raisonnement me rendait furieuse.

— Égoïste. Je reste, et je ne bougerai pas ! lui dis-je en attrapant mon portable.

— Tu fais quoi ?

— J'appelle Jérémy et Sam, on va leur expliquer et je vais appeler quelqu'un d'autre aussi.

— Non pas lui ! Tout, sauf lui, pria-t-il en comprenant qui je voulais contacter.

— Je veux en savoir plus.

Dès que Jérémy et Samuel furent au courant, j'appelai Jonathan. Il ne mit pas longtemps à arriver chez Taylor, qui n'était pas très heureux de le voir, d'ailleurs.

Jonathan entra et me vit la première, il me serrait fort contre lui, presque autant que les poings de mon amoureux se serrèrent.

— Tu vas bien ma belle ?

Je lui fis signe de la tête que oui et il alla se présenter aux autres.

— Salut Taylor, dit Jonathan par simple politesse.

— Ne crois pas que tu es le bienvenu, lui rétorqua ce dernier.

Jonathan le regardait avec un air d'ironie envers lui.

— Salut, dit-il enfin à Jérémy et Sam.

Je me retrouvais à présent avec quatre hommes prêts à se battre pour moi, alors qu'une vision aucunement certaine m'avait traversé l'esprit un jour avant. J'avais pourtant conscience que la réalité ferait surface pour prouver qu'elle allait réellement se produire.

— Jo ? Il faut que tu me dévoiles la vérité.

— Quelle vérité ?

Taylor se levait comme s'il avait eu un spasme qui lui avait électrisé le corps.

— Calme-toi, lui dis-je en mettant ma main sur son épaule.

— Joy... me dit Taylor avec une voix endommagée.

— Quoi ?

— Tu as une force inouïe, lâche mon épaule, tu me fais mal.

Je la retirai, en suivant ma main du regard. Une force inouïe ? Moi ? Impossible. C'était surtout impossible que mes cinq sens forment une sorte de force puissante quand ils s'assemblaient.

— Je t'ai fait mal ?

— Un peu mais ça va, je vais survivre. Quand tu t'énerves tu fais mal, je le savais pas, ça, je ferai attention la prochaine fois.

— Taylor c'est impossible, je n'ai pas de force dans la normale.

— Eh bah, tu l'as enfin découvert.

— Je ne rigole pas !

— Joy ? me questionna Jonathan. C'est normal, reprit-il.

— Ah oui, je t'avais oublié, toi. Il faut que tu me dises si tu es au courant pour Hollow. D'ailleurs, c'est quoi son prénom ? Tu ne me l'as pas dit, m'interrompis-je en regardant Taylor.

— Ah oui, c'est Stille. Mais ce n'est pas important. Questionne plutôt l'autre morue.

— L'autre morue à un prénom, lui rappela Jonathan.

— Ah oui ? J'aurais pourtant cru le contraire.

— FERMEZ-LA ! Bon sang, vous êtes de vrais gamins ! Hollow ne s'attarde pas sur ses projets alors que nous oui, alors merde, au boulot ! Jonathan as-tu des dons ?

Il baissa la tête comme s'il voulait garder le secret. Son secret.

— Je t'en prie, fais-le pour moi, le suppliai-je.

— Oui... Je lis dans les yeux des autres, il m'arrive parfois d'avoir des pressentiments

— Oui, comme quand tu as dit à... Stille que j'allais venir le voir par exemple.

— Oui... Et je suis puissant pour ce qui est de faire en sorte de laisser aux gens leur cœur battre.

— Et mes régénérations ?

— Non, toi tu te régénères bien, j'ai juste aidé à ce que tu restes en vie, tout vient de ma force mentale, c'est tout.

— Tu lis quoi dans mes yeux en ce moment ?

— Rien, tu es vidée, tu ne sais pas ce que tu veux et tu ignores complètement la suite des choses qui t'arrivent.

— Je sais, répondis-je, comme il le disait, vidée. Bon, il faut se charger de Sam.

— C'est qui ? demanda Jonathan.

— Le jeune, là.

— Tu as quel âge? demanda Jonathan.

— J'ai seize ans, lui répondit-il sans tarder.

— Jo? Est-ce que tu sais ce qu'a Stille en tête? Toi qui te fais conseiller par lui.

— Non, franchement, je l'ignore, il veut la peau de Clotilde et Kevin, c'est tout ce que je sais.

— Tu connais leurs visages? demanda Jérémy.

— Non.

— Car si nous les retrouvons, on les élimine et comme ça Hollow ne voudra plus de nous en tant que guerriers, il nous laissera tranquilles pour le restant de notre vie.

— C'est une idée, mais c'est aussi trop risqué. Ils sont très doués, corrigea Jonathan.

— Qu'est-ce que tu proposes, toi? lui demanda Taylor tout d'un coup moins froid à son égard.

— Je ne sais pas vraiment, il faut réfléchir comme eux.

— Et comment? demandai-je. Nous ne vivons pas depuis des milliers d'années comme eux. Nous sommes les plus jeunes de la génération Jack's.

— Mais nous sommes les plus forts malgré tout, enchaîna Taylor. Il faut voir la force que tu as.

— Mais nous ne sommes pas les plus entraînés, corrigea à nouveau Jonathan.

— Tu les connais toi... Dis-nous ce qu'on doit penser, demanda Sam.

— C'est trop tard, maintenant... s'inquiéta Jonathan.

— Pourquoi? demandions-nous tous les quatre, préoccupés.

Il nous raconta que Clotilde et Kevin étaient depuis peu dans la région pour trouver de nouvelles générations de Jack's, ignorant totalement nos existences, ils se doutaient que Hollow savait qu'il y en avait une autre, sachant qu'il y en a une à chaque siècle.

Mes pensées se vidaient et je cherchais la première idée qui pouvait me passer par la tête pour trouver une solution, avant d'être anéantis par le frère et la sœur. Je repensais à l'histoire de Taylor, et être empoisonnée par un virus de cannibale ne m'intéressait pas, encore moins de me faire assassiner comme cette pauvre Astrid.

Il fallait que l'on trouve une solution rapidement, car mourir... ça ne me faisait pas peur, mais de voir mourir mes êtres chers, je ne le supporterais pas, et un suicide serait la première solution s'ils venaient à être tués. D'y penser, j'en avais des frissons qui traversaient mon corps à une grande vitesse. Je me sentais perdue et détruite de seconde en seconde avec ce que j'apprenais et avec les idées que je me faisais des conséquences de chacune.

Franchement, ce que j'aurais aimé en cet instant, c'était être avec Taylor au bord de la plage comme deux êtres humains normaux, à se prélasser comme des serpents nus caressant le sable, et en enroulant nos corps pâles et cuivrés, en échangeant des baisers telles deux roses en train de combattre contre leurs propres épines. Mais un claquement de doigts me fit perdre les images si douces que j'imaginais.

— Joy ? Il est tard, va dormir, me susurrait Taylor.

— Ils s'en vont tous ?

— Oui, on va passer une nuit tranquille et on verra tous ça plus tard.

— Vous voulez oublier ?

— C'est une possibilité, reprit Jonathan.

— Pourquoi ? Je ne veux pas...

— Ne t'inquiète pas, ils ignorent notre existence, m'interrompit-il. Dors et on verra demain, dit-il en partant derrière les autres.

Je ne disais rien, il avait peut-être raison, je me disais moi-même que ma vision avait été sûrement fausse. Et je l'espérais.

— On va dormir ? demanda Taylor.

— Je te rejoins. Je vais sur l'ordinateur deux secondes.

— Maintenant ?

— J'arrive, je te dis.

Taylor se dirigea dans la sombre chambre le temps que j'aille me brosser les dents, et je me mis sur l'ordinateur.

Moteur de recherche : "les Jack's".

Aucun résultat. Alors je recherchai différemment. "Jack's" seulement. Aucun résultat, encore.

Je soufflais et tapai alors, "Clotilde et Kevin Score". Aucun résultat ! Bon sang !

C'est alors que je réfléchis deux minutes, ils venaient des Jack's, d'accord, mais surtout, nous ne sommes plus humains dès que nous possédons des dons.

Je cherchais alors les "non-humains".

Cent cinquante résultats ! Eh bien ça change de zéro. Je cliquai sur le premier et trouvai directement, et heureusement, ce que je voulais. En première page, les deux photos d'Astrid et John sur une page de journal qui date de plusieurs siècles, indiquant leur mort, et les deux photos de mes intéressés, Kevin et Clotilde. La presse explique qu'ils seraient mêlés à la mort de leurs coéquipiers, ils les auraient tués lors d'une dispute... Une dispute ? Je croyais qu'ils avaient fugués. Bref.

Clotilde ressemblait à Calamity Jane en pire, des cheveux bruns, aucunement coiffés, pourtant avec un corps de rêve, fringuée à la manière d'un garçon, jean bouffant envahi par des trous, t-shirt pourtant serré contre sa poitrine, avec une veste en cuir noir délavé qui lui servait de blouson (ils s'habillaient déjà comme ça à cette époque ?), des bottes sales, et un visage de taularde, comme son frère. Il avait les cheveux bruns comme ceux de sa sœur et une cicatrice au niveau du sourcil droit, il s'habillait comme un gangster. La seule beauté qu'ils avaient... c'était leurs yeux, d'un vert clair hallucinant.

— Joy ? cria Taylor.

— J'arrive.

Mais les deux plus beaux visages, c'était bien ceux de John et sa sœur Astrid.

John était un beau blond aux yeux bleus, ses cheveux étaient mi-longs, comme Jonathan, et Taylor à l'époque, son visage ressemblait à celui d'un ange, quoi qu'aujourd'hui, il en était un. Et Astrid, son visage me donnait envie de rêver d'elle toute la nuit, bien que ce fut une fille. Elle avait les cheveux entre la couleur de ses deux frères, John et Stille, elle virait au châtain clair et foncé, ses mèches m'en donnaient l'impression, avec ses yeux vert mélangé à des taches jaunes près de sa pupille.

Je voulais tant lui ressembler... Elle était si belle.

J'avais vu ce que je voulais voir, maintenant il fallait que j'aille me coucher, et que j'aille rêver comme toutes mes nuits sans lune.

CHAPITRE 20

ENVIES

J'ÉTEIGNIS l'ordinateur, et me dirigeai vers la chambre.

— Tu dors ? demandai-je à Taylor.

— Non... me dit-il d'une voix étouffée par son coussin.

Je me faufilai dans le lit et fis glisser une de mes mains froides le long de sa côte gauche jusqu'à son torse brûlant.

Il gémissait, quand il sentit ma main glaciale le long de son torse.

— T'as la main froide...

— C'est pour mieux te désirer mon enfant, lui chuchotai-je en rigolant.

Il se tourna et prit entre ses paumes mon visage, et m'embrassa. Je m'amusais à le serrer contre moi, doutant totalement de la force de mes dons si nous le faisions, mais j'avais envie de lui malgré tout cela. Je le voulais à chaque instant de ma vie, et je le désirais plus que quiconque au monde. J'avais peur de lui faire du mal, mais après tout il m'avait bien assuré qu'il s'en fichait, mais tout de même, lui faire du mal ne serait pas digne de moi, je l'aimais bien trop.

— Taylor ?

— Oui, je le veux...

— Quoi ?

— Je sais déjà quelle est ta question et oui, je veux que nous retentions.

— Oui... Mais je voulais surtout te demander de ne pas m'en vouloir, si jamais...

— Tu sais très bien ce que j'en pense Joy, je te veux maintenant et ne veux pas réfléchir aux conséquences.

Je poussais un dernier soupir, il m'avait donc convaincue, il m'embrassa une fois de plus avant de réjouir mon corps.

Lorsque j'ouvris les yeux le matin, je fus éblouie par les rayons du soleil qui passait à travers les rideaux. Je me retournai vers Taylor, et cherchais d'autres blessures que j'aurais pu lui faire encore cette nuit. Cependant... Rien. Les brûlures d'avant avaient même disparu. Mes dons s'étaient donc bien remis de leur nouveauté et s'étaient calmés lors des plaisirs sexuels que j'avais pu éprouver. Chouette !

Maintenant, j'aurais bien voulu savoir si mon corps avait eu des comportements bizarres. Seul Taylor pouvait me le dire, mais il dormait encore. Je me rapprochais de lui pour coller mon corps contre son dos, et pour poser mon menton sur son épaule.

Je posais ma main gauche sur son torse sentant chaque battement de son cœur contre celle-ci.

Il respirait tellement doucement, que j'aurais bien cru qu'il ne respirait pas, mais si c'était le cas, alors même son cœur ne battrait pas contre la paume de ma main.

Il était si beau quand il dormait, que je me disais avoir de la chance d'être à ses côtés aujourd'hui, et j'avais envie d'espérer que ça pourrait être pour toujours. C'est dans ces moments-là que je pourrais envier Clotilde et Kevin, ou encore monsieur Hollow d'être des immortels.

Je voulais vivre à ses côtés jusqu'à la fin de ma vie, et même sous terre je le voulais. Je souhaitais lui appartenir à jamais, mais une chose me disait que c'était impossible. Bien que nous soyons pareils, et pourtant différents des autres adolescents.

Une grande respiration venait de le prendre et il prit ma main avec la sienne. Il se retourna, gardant nos mains scellées, et plongea ses yeux dans les miens en les regardant d'une manière à se méfier de ce qu'il allait voir.

— Mes yeux encore? lui dis-je. Qu'est-ce qui s'est passé pendant que nous le faisions?

— Tu as eu les veines bleues, plus foncées que d'habitude sur chaque partie de ton corps, et... tes yeux ont encore fait des caprices. Je crois que quand tu ressens quelque chose de fort, que ce soit la colère, la peur, la peine ou encore le plaisir, tes yeux deviennent rouges. Tu te souviens au magasin? Quand tu t'es énervée contre moi, tes yeux étaient pareils. Les veines, en revanche, je ne les ai pas remarquées.

— Tu es sûr que c'est pour tout ce que tu as dit?

— J'en suis pas sûr, seul Hollow pourrait te le confirmer, mais je ne veux plus rien divulguer sur toi et surtout à lui. Donc tu devras faire avec, reprit-il.

— Et rouge, c'est-à-dire? Qu'est-ce qui est exactement rouge dans mes yeux?

— Le blanc, du moins les vaisseaux rouges que tu as dedans grossissent.

— Holala, je suis un vampire, rigolai-je.

— C'est pas drôle, Joy!

— Pardon. J'essaie juste de me distraire. De penser que je deviens différente pendant une nuit de plaisir me fait du mal pour toi. Te retrouver devant un monstre ne doit pas être très magique.

— Pas du tout, ça veut juste dire que je fais bien mon boulot.

— Si tu le vois comme ça, tant mieux. Bref, tu te souviens que toi et Jérémy allez entraîner Samuel aujourd'hui.

— Oh oui, c'est vrai ! Je vais me préparer, dit-il en soulevant la couette et en partant à la salle de bains.

Pour ma part je restais au lit, aujourd'hui allait être une journée de fainéantise, je crois.

Mon téléphone sonna d'un coup.

— Allô ?

— Oui, c'est Jérémy. Dis à ton mec qu'après l'entraînement on va pique-niquer sur la plage.

— Oh... OK, je vais lui dire. Bisou.

Nous raccrochâmes.

— Taylor !

— Oui ?

— Jérémy veut qu'on aille pique-niquer après l'entraînement de Samuel.

— OK.

Je soufflais, quand j'avais décrété de ne rien faire de ma journée, il fallait que j'aille pique-niquer au bord de la plage. Quel enchantement.

— Au fait, dis-je en me levant pour aller dans la salle de bains et parler à Taylor sans crier, vous comptez l'entraîner où exactement ? Parce que je ne veux pas dire, mais vous battre devant tout le monde va être apprécié des humains, je crois.

— Ne parle pas comme si nous étions des extra-terrestres, nous sommes des humains, seulement avec un peu de trucs en plus.

— Tiens, d'ailleurs... Qu'est-ce que tu as en plus toi ?

Mais il ne broncha pas et changea de conversation.

— On va au banc de sable en face de la grande côte. Là où la population... humaine comme tu dis, est très faible.

— Ah bon ? Bah, ça va alors !

Et je partis à la cuisine préparer quelques trucs à manger, dont des restes de cuisses de poulet, classique pour un pique-nique, des chips, des fraises pour le dessert, et d'autres délices.

Tout ça c'était bien gentil, mais la matinée commençait à tourner au début d'après-midi et Taylor n'était toujours pas prêt. Je le brusquais un peu et vers onze heures et demie nous partîmes rejoindre Jérémy et Sam sur le port de la Palmyre, pour aller accoster au banc de sable en face de la grande côte.

Le bateau que Taylor avait loué n'était pas de mauvais goût, je dirais même de goût de luxe.

— Tu nous emmènes où comme ça? À New York pour avoir autant la classe!

— C'est pour la vitesse.

— Un petit Zodiac aurait aussi suffi, tu sais.

— Pour toi peut-être, mais pas pour moi.

Taylor adorait la vitesse, et alors en voiture, c'était pire. Mais quand il devient énervé en voiture c'est l'horreur...

— Je te préviens, ne fais pas comme dans ta 206 Peugeot, tu me rassureras, d'autant plus qu'on est en mer, et que je fais pas confiance à l'eau.

— Hé, mais t'as pas le choix, Chérie, t'es chez moi!

— Et alors!

— Bon, ça va, vous n'allez pas nous gonfler avec vos histoires! s'énerva Jérémy qui devenait énervé lui aussi... Vous me soûlez.

— Moi, non! Taylor, plutôt!

— Pourquoi toujours moi?

— Parce que t'es chiant... ripostai-je.

— Oui, enfin, quand t'as les yeux rouges ce n'est pas que je suis chiant! rigola-t-il en parlant de notre nuit.

— Ta gueule Taylor! Et puis je te signale que j'ai les yeux rouges quand je suis aussi énervée! Na!

Il savait très bien que c'était vrai, mais préférait se dire que c'était quand on faisait l'amour.

Nous montions tous dans le bateau, pour ainsi dire... Et partîmes pour le banc de sable.

Quand nous arrivâmes là-bas, un vague souvenir sortit la tête de l'eau, je me voyais assise sur ce même sable doré avec des membres de ma famille et quelques-uns de leurs amis. Bref, je n'y pensais plus, j'avais l'air petite à cette époque, dix ans peut-être.

— Joy viens nous aider, me fit Jérémy en sortant les paniers de nourriture.

Par-delà le banc de sable, la mer était infinie, elle allait jusqu'à l'autre bout du monde, là où je rêvais d'aller. Quand j'étais petite, mon grand-père avait un Zodiac, et par la suite, possédait un Scanes, et à chaque fois que nous allions au phare de Cordouan, le phare le plus connu, je lui demandais de m'emmener aux États-Unis. Mais c'était bien impossible, il nous aurait fallu des jours, ou bien des semaines pour les atteindre.

— Joy !

Je me retournai et allai aider les garçons. Sam était très silencieux, bien plus qu'à notre rencontre.

— Ça va Sam ? lui demandai-je. Tu es silencieux, je trouve. C'est les garçons qui te rendent timide ? Parce qu'ils ont plus d'expérience que toi ?

— Non, c'est... C'est juste qu'il faut que je me fasse à ma nouvelle vie, et c'est difficile.

— Je comprends. Si tu as besoin d'en parler, tu sais que je suis là !

— Oui, pas de problème.

La mer m'intriguait tant, malgré que j'aie peur d'elle, elle me faisait rêver. Son bleu transparent ressemblait parfois aux yeux de Jonathan, les vagues qu'elle déclenchait par la rage me faisait penser à la colère de Taylor, et pourtant, lorsqu'elle est calme comme aujourd'hui, elle me faisait penser à la sagesse de Jérémy. Ils étaient les êtres que je pouvais comparer aux humeurs de la mer.

Jérémy, Taylor et Jonathan commençaient à entraîner Samuel, je les regardai pendant un quart d'heure et je décidai ensuite d'aller tourner autour de l'île.

Quand soudain, des cris venaient me siffler dans les oreilles, Jonathan... Je courais pour voir ce qu'il se passait de l'autre côté, et quand j'arrivai, Taylor et Jonathan étaient en train de se battre comme deux chiens enragés, Jérémy essayant de les séparer mais Taylor l'envoyait valser en l'air avec une force insoutenable.

— TAYLOR! criai-je. ARRÊTE! Je t'en prie, arrête! Taylor lâche-le! Je t'en supplie calme-toi, criai-je en pleurant tant j'avais peur.

En aucun cas Taylor ne lâchait Jonathan, il le frappait à grands coups de poings et j'avais trop peur de l'approcher. Je voyais Jonathan sous son corps en train de se faire frapper. Je criai encore à Taylor de cesser de le battre, mais la rage ne pouvait l'arrêter.

Mais heureusement, Jérémy revenait à temps pour le stopper. Taylor s'était retourné vers lui et son visage avait changé, il était... enragé, ça oui, mais complètement pris par la folie.

Sam attrapait Jonathan pour le tirer loin de Taylor, mais ce dernier se retournait vers lui et Jonathan se mit à hurler jusqu'à ne plus pouvoir le faire, ses veines liées à son cerveau ressortaient toutes, et ses yeux se mirent à pleurer des larmes de sang...

— Taylor, arrête mec! lui criait Jérémy.

Je ne sais quelle chose lui avait fait ça directement, mais Taylor avait perdu tout contrôle de ses pouvoirs, et en une seule seconde, il tomba sur le sol sans réaction quelconque, il s'était évanoui, sûrement parce qu'il avait trop donné d'énergie. Sam venait vers moi et en courant.

— Qu'y a-t-il? lui demandai-je.

— C'est moi qui l'ai arrêté.

Je le regardais, anxieuse.

— Avec ton don ?

— Je crois. J'ai ressenti tant de choses quand il s'est jeté sur Jonathan qu'au bout d'un moment...

— Ça a fait comme avec tes vases, ça a explosé.

— Mais c'est Taylor qui aurait dû subir l'explosion... Non ?

— Je pense que c'est ce que tu ressens qui te fait exploser de l'intérieur, Taylor a juste reçu la décharge...

— Ouf! J'ai cru que je l'avais tué.

Je me penchais sur le torse de Taylor, y collant mon oreille contre son cœur pour écouter si les battements étaient réguliers et normaux.

— Alors ? demanda Sam.

— Il va bien, ne t'en fais pas. De quoi c'est parti cette histoire ? demandai-je tout de suite.

— On entraînait Sam quand Jonathan s'est approché de Taylor en lui murmurant quelque chose à l'oreille. On ne sait pas ce qu'il a dit mais... Apparemment, Taylor n'a pas apprécié... la preuve, m'expliqua Jérémy.

— Il faut qu'on les remmène au port et qu'on les porte à l'hôpital, Jonathan est trop blessé, il pourrait mourir.

— OK, on les remmène.

Puis nous repartîmes pour le port de la Palmyre, le pique-nique n'avait même pas été touché que nous rentrions déjà.

Pendant que nous étions sur le bateau, j'appelai les pompiers pour qu'ils viennent chercher Jonathan d'urgence, tout allait paraître tellement bizarre, les coups, on ne pouvait pas les rater, mais les yeux, je pense que oui, son visage était vraiment détruit... Le sang de ses yeux ne se remarquerait peut-être pas.

Pauvre Jonathan, j'étais si mal pour lui, si seulement je pouvais lui donner de mon sang pour qu'il soit sauvé.

Bonne idée !

— Jérémy, je vais donner de mon sang à Jonathan. Il va se régénérer plus rapidement.

— T'es folle, c'est trop risqué, tout le monde va connaître ton don ! C'est hors de question que tu fasses cela, rétorqua-t-il.

— Je le ferai, que tu sois d'accord ou pas, il m'a sauvé deux fois, ne crois pas que je vais le laisser mourir.

— JOY !

— Je le ferai, quoi que tu dises.

— Tu ignores beaucoup trop le danger, ça se voit, me dit-il en sautant sur le ponton.

Peut-être que j'ignorais le danger, mais en aucun cas je ne laisserais mourir Jonathan, pas avec tout ce qu'il avait fait pour moi.

Je montai dans la voiture de Taylor et suivi les pompiers jusqu'à l'hôpital. Je me garai ensuite sur le parking et leur emboîtais le pas alors qu'ils portaient Jonathan et Taylor aux urgences.

— Ils vont s'en sortir ?

— Celui avec toutes les blessures sur la figure s'en remettra, mais l'autre jeune a pris un sacré coup au mental, et je pense qu'il va lui falloir beaucoup de temps pour s'en remettre.

Le pompier venait de me dire le contraire de ce que je pensais.

Jonathan allait s'en sortir, en revanche il s'inquiétait plus pour Taylor... C'était vraiment le monde à l'envers. Mais je ne perdais pas le nord, je voulais tout de même veiller à ce que Jonathan s'en sorte bien, j'arrivais à me faufiler dans une pièce où seringues et flacons étaient les rois. J'en pris un de chaque, pris un élastique et me précipitai dans les premiers sanitaires pour me piquer. Lorsque j'eus fini, je retournai à l'accueil pour demander où en étaient les opérations. Jonathan se faisait emporter dans une chambre et Taylor restait en salle d'opération.

Vraiment le monde à l'envers.

Je me dirigeais donc jusqu'à la chambre de Jonathan et attendis que les infirmiers sortent de la chambre pour mettre mon sang dans les tubes, sauf qu'à ce moment-là, un infirmier entrait dans la chambre pour l'autre malade à côté de Jonathan.

Nous nous regardions un instant, j'espérais qu'il ne crie pas, mais il se mit à hurler que je tentais de tuer son malade.

— Non ! Arrêtez, c'est faux !

— Je l'ai vue, elle trafiquait les tuyaux respiratoires !

— Non, c'est faux, j'essaie seulement de l'aider !

— Menteuse, il faut l'arrêter ! dit-il en m'attrapant le bras.

Mais d'un coup de nerfs, je me retournai vers lui, enlevant mon bras qu'il tenait, et le frappai à la gorge avec le côté de ma main, ce qui allait lui couper la respiration pendant un petit moment.

Je me mis tout de suite à courir avant que plusieurs infirmiers veuillent m'attraper.

Je sortis à temps pour décamper de cet hôpital. J'avais, heureusement, mis tout le sang possible dans les tuyaux de Jonathan, espérons que ça marchera maintenant... Zut ! Un infirmier m'avait attrapé le bras, et me demanda de sortir de la voiture.

— Suivez-moi s'il vous plaît, me demanda ce dernier.

— Je voulais juste l'aider.

— En le tuant, c'est gentil dites-moi !

Mais là, juste devant nous se hissait Jonathan. J'étais pétrifiée de voir à quelle vitesse mon sang avait fait effet.

— Quoi ? Mais... C'est impossible, dit l'infirmier me tenant encore le bras.

— Impossible non, mais génial oui. Vous allez remonter et retrouver votre poste en ne parlant de cette histoire à personne.

— Je... Oui c'est... envisageable.

Le pauvre infirmier était tellement déboussolé qu'il accepta sans faire d'histoire.

Pour ma part, je regardais Jonathan ahuri.

— J'ai réussi. Je n'y crois pas.

Il s'avança vers moi, collant son front contre le mien, et m'offrit un baiser sur celui-ci.

— Il faut qu'on aille chercher Taylor.

— C'est impossible, il est en salle d'opération.

Là, il venait de tout briser, être aussi défaitiste ne lui ressemblait pas.

— On va aller le chercher, et j'irai seule s'il le faut.

— Joy...

Je partais immédiatement dans l'hôpital pour aller voir ce qu'était devenu Taylor, et j'allais coûte que coûte le sortir de là. Comme il l'aurait fait pour moi.

Mais, Jonathan me devança.

CHAPITRE 21

PROMESSES

IL M'ATTRAPA le bras et ajouta une dernière fois de sa voix douce quelque chose qui m'était adressé.

— Je sais ce qu'il représente pour toi, me lâchait-il alors légèrement. Je vais aller le chercher moi-même.

— Mais tu vas te faire remarquer, on vient de t'emporter dans une chambre alors que tu étais ivre mort.

— Mais je n'ai plus rien sur mon visage là... me fit-il remarquer.

Je soupirais, et le laissai filer.

Mon téléphone sonna d'un coup.

— Allô ?

— Joy, dis-moi, j'ai quelque chose à te demander, me fit ma mère.

— Maman, ce n'est pas le moment.

— Tu vas quand même écouter. Ta sœur chante demain à la fête de son collège, et elle voudrait que tu viennes, cela lui ferait très plaisir.

Oh flûte !

— Euh oui, je viendrais bien sûr ! C'est à quelle heure ?

— Cela commence à quatorze heures et demie, mais elle chante à seize heures.

Holala.

— J'y serai. Promis.

Zut, j'avais promis. Et si je ne tenais pas ma promesse... non, je ne pouvais pas faire cela à Purdey ! Avec tout ce qui arrivait, je la laissais déjà trop seule.

— Je dois te laisser maman. Bisou.

Et je raccrochai sans réfléchir.

Tout se compliquait de plus en plus, j'avais l'impression de devenir folle et ne savais plus où donner de la tête.

Déboussolée, je courais jusqu'à la voiture et m'enfermai dedans pour pleurer tant j'étais mal. C'est alors que les voix que j'avais entendues il n'y avait pas si longtemps se mirent à résonner dans mes oreilles.

— Laissez-moi ! criai-je.

C'est alors qu'une main cogna contre la vitre de la voiture, et je sursautai, tellement elle m'avait surprise.

Je ne voyais cependant que le haut du corps de la personne qui venait de frapper. De peur, j'appuyais sur le bouton près de la vitre pour verrouiller toutes les portes. J'allais encore avoir des ennuis et j'avais encore plus peur que tout à l'heure.

— Laissez-moi ! criai-je à l'homme devant moi et aux voix qui continuaient d'endommager mon cerveau.

C'est alors qu'il se pencha.

— HAAAAAA ! criai-je en voyant Hollow me regarder de ses yeux noirs ivres de vengeance. Jonathan ! appelai-je en pouvant espérer qu'il vienne.

Mais à cet instant, Samuel et Jérémy arrivèrent en courant derrière, Dieu soit loué !

Dans la voiture, je les voyais l'attraper et le faire tomber à terre, Jérémy le tenait, et Samuel cogna contre la vitre pour me dire de sortir et m'en aller.

— Va-t'en !

— Quoi ? Non, Jonathan et Taylor sont encore dans l'hôpital !

— Joy, fais ce que je te dis ! On va aller les chercher, maintenant tu rentres !

Mais je ne bougeai pas.

— Vite ! dit-il.

C'était la première fois qu'il me parlait comme ça, et j'avouais que ça m'étonnait, mais je lui obéis, je démarrai la voiture retournant à l'appartement de Taylor.

Quand j'y arrivai, je me dépêchai d'ouvrir la porte m'enfermant à double tour. Les voix rôdaient encore dans ma tête, elles créaient des bruits horribles, bien pires que tout à l'heure. M'allongeant sur le sol à cause de la douleur, je me concentrais pour essayer de les chasser, je ne comprenais pas d'où elles venaient et quel était le but de cette invasion.

Puis, peu à peu, elles disparurent, continuant à hurler dans ma tête.

« Joy, on a récupéré Taylor et Jonathan, on rentre. »

Jérémy m'avait transmis cela par la pensée, et avait chassé toutes les voix dans ma tête, c'était la première fois que ça arrivait depuis que je possédais des dons.

Avec impatience, j'attendais les garçons que j'avais peur de retrouver amochés de partout, Hollow a dû se défendre, c'était sûr. Je n'aimais pas l'appeler Stille, car son prénom me donnait des frissons à chaque fois que je pouvais l'entendre. Alors le mentionner...

J'étais allongée dans le clic-clac, je voulais que Taylor soit là, mais il n'était pas en état d'être à mes côtés, et quand tous rentrerons, seul lui sera encore endormi, et irrité de la pensée.

Quand enfin, les clefs dans la porte me firent tendre l'oreille, je me levai, vigilante, et courus jusqu'à la cuisine.

Jérémy entra le premier, Sam par la suite, Jonathan et...

— Où est Taylor ?

Jérémy baissa la tête, coupable.

— Tu m'as dit que tu le ramènerais !

— Je sais, mais... On a eu du mal à le sortir de l'hôpital sans que personne ne nous voie, me répondit Jérémy.

— Fallait y aller tout seul ! lui dis-je en pleurant.

M'asseyant sur la chaise à côté de moi, j'enfouis ma tête dans mes bras pleurant comme une dingue, Taylor n'était pas là et je regrettais tellement tout ce que j'avais pu lui faire subir, c'était pire que quand je lui disais de sortir de chez moi et de ma vie. Il me disait chaque jour que me perdre serait un désastre, mais là, c'est moi qui subissais tout ce qu'il pensait subir avant moi, je devais aller le chercher ! Ou... Non, Jonathan allait se faire passer pour un infirmier et le faire sortir de ce trou.

— Jonathan, dis-je en relevant la tête face à trois garçons qui n'avaient même pas bougé un seul de leurs cils.

— Oui ?

— Tu vas te faire passer pour un infirmier, tu as tout d'un infirmier et as plein de preuves, donc... Tu vas me ramener Taylor, objectai-je. Je t'en prie... Pour moi.

Il hocha la tête vers moi, me regardant d'un regard insignifiant et répondit :

— Je ne peux pas... Sauver Taylor ne sera pas comme toi. Toi tu pouvais te régénérer, lui non, je ne pourrai que l'aider à rester en vie, Joy.

Et je retombais dans un gisement de larmes.

C'est alors que, reprenant mes esprits je me souvins que j'avais, et heureusement, gardé la seringue. Il suffisait juste que je prenne un petit flacon pour y mettre mon sang. Je me levai pour faire ce que je pensais, me concentrant à fond dans mon plan.

— Joy ? me fit Jonathan en comprenant ce que je faisais. Ça ne l'aidera pas non plus.

— Comment tu le sais ? m'énervai-je. Je sais que tu veux le tuer ! Tu ne l'aimes pas, mais tu es vivant ! Alors n'essaie pas de me faire croire le faux du vrai. J'irai lui donner mon sang, et cette nuit !

— Il a raison Joy, m'interrompit Jérémy.

Je me retournai face à lui, et poursuivis :

— Pourquoi? Tu es de son côté maintenant.

— Je ne suis du côté de personne, réprima-t-il.

— Il a raison, tout est seulement mental en Taylor, protesta Sam à son tour.

Pas faux, lorsque j'avais demandé au pompier comment ils allaient s'en sortir, le pompier m'avait répondu que pour Taylor tout était mental. Jetant un regard à Jérémy, ce dernier comprit mon idée.

Il siffla.

— Je t'en prie, tu es le seul qui puisse réellement l'aider.

— Et comment?

— Tu m'as transmis quelque chose par la pensée tout à l'heure, fais pareil avec lui, communique et essaie de l'aider à s'en sortir. Je t'en prie, insistai-je.

Tout s'éclairait tout à coup, Jérémy avait accepté d'essayer de communiquer avec Taylor, mais ce fut plus difficile qu'on ne le pensait.

Quand Jérémy m'avoua qu'il pouvait réellement communiquer mentalement avec moi, il me demanda d'essayer avec lui.

— Mais je ne suis pas comme toi, je ne lis pas dans les pensées.

— Mais tu arrives à transmettre, parfois sans t'en rendre compte... me fit remarquer Jérémy.

— Tu veux dire que...

Ça y est... Je comprenais tout à nouveau, les voix que j'entendais étaient là dans mes moments de détresses, parfois, elles m'aidaient peut-être.

— Jérémy, j'entends des voix, comme tout à l'heure d'ailleurs quand vous êtes arrivés pour me sauver des griffes de Hollow... Il est où, d'ailleurs, lui?

— En sécurité, ne t'inquiète pas.

Je regardais profondément Jérémy et celui-ci me transmit rapidement par la pensée quelques images de ce qui s'était passé.

Sam et lui, Jonathan était d'ailleurs là pour aider, l'avaient assommé à coups de poing et avait creusé un trou pas loin d'un cimetière, où il l'avait enterré...

— Vivant?

— Vivant... répondit Sam, un sourire en coin.

Bref, revenons-en au fait.

— Tu crois que les voix veulent me dire quelque chose? Tu ne les as pas entendues quand tu m'as dit que vous rentriez.

— Non, cependant j'ai eu du mal à chercher tes pensées, tout était brouillé, c'est après que j'ai réussi à les retrouver.

— Bizarre. Bon bref, on essaie.

Jérémy avait posé les cinq doigts de ses deux mains sur chacune de mes tempes pour capter correctement mes pensées et pour bien les communiquer à Taylor.

Lorsque la concentration nous envahissait, les voix reprirent brouillant totalement la vision de mon ami. Je ne cessais pourtant de me concentrer pour sauver mon amoureux, mais tout devenait de plus en plus dur, je n'arrivais plus à percevoir les pensées de Jérémy qui me lâcha aussitôt les tempes et qui se mit à tenir sa propre tête. On aurait dit qu'une douleur venait de la frapper.

— Jérémy! criai-je. Sam?

— Hé, je ne sais pas ce qu'il faut faire!

— Non, sors! Ça évitera des scandales!

S'il ressentait des choses trop énormes, Jérémy en subirait les conséquences, puisque c'était lui le concerné des souffrances.

Jonathan se rapprochait de lui essayant de le calmer, c'est alors que je décidai de sortir à mon tour et d'essayer toute seule de communiquer avec Taylor.

Je traversais de la pensée l'hôpital essayant de le retrouver, quand soudain je tombai sur lui. J'essayais de lui transmettre mes paroles mais pourtant, aucune réaction. M'entendait-il? Me voyait-il? Je l'ignorais, mais je l'aurais tellement voulu.

Jérémy sortait en courant, voulant me dire quelque chose.

— Joy, les voix, les voix que tu entends sont des barrages.

— Quoi?

— Elles nous empêchent de rentrer dans le cerveau de Taylor.

— Mais ça ne peut pas le concerner! C'est envers moi qu'elles en ont puisque quand je les entendais elles n'étaient pas tout le temps en rapport avec Taylor, je pense que c'était avec ce que je ressentais.

Une ombre claire s'attarda sur le visage de Jérémy, je me retournai, voyant le soleil pointer.

Flûte déjà l'aube...

Je me retournai vers mes amis et leur fis des gros yeux.

— Quoi?

— Ma sœur!

— Quoi ta sœur?

— Elle chante aujourd'hui, ma mère m'a demandé de venir la voir, elle joue à seize heures.

Jérémy regarda l'heure sur l'horloge de la cuisine.

— Il nous reste neuf heures pour sortir Taylor de là-bas.

— Et je ne vois qu'une solution, fit Sam.

— Laquelle? lui demandai-je rapidement, tellement vite que je n'avais même pas pris de respiration pour répondre.

— Il faut reprendre ton idée, Joy.

— Mon sang?

— Non, se déguiser en infirmier. (Il se retourna vers Jonathan). T'es sa seule chance, et la seule chance de Joy aussi.

Je le regardais d'un air triste, appréhendant sur sa réponse.

— OK, c'est bon, je vais le chercher.

Heureuse, je tombais dans ses bras, l'embrassant sur la joue.

— Merci... lui dis-je doucement.

Nous attendions huit heures pour qu'il entre dans l'hôpital. Jérémy, Sam et moi l'attendions dans la voiture, espérant qu'il le sorte de là.

Neuf heures... Personne. Dix heures et demie, toujours rien.

— Putain... susurrai-je.

Sam me serra contre lui quand il vit que je commençais à stresser et à pleurer.

Puis enfin... Midi et quart avait sonné et nous voyions Jonathan sortir de l'hôpital.

Je sortais de la voiture courant vers lui pour prendre des nouvelles.

— Tout est un miracle, Joy... Il était réveillé quand je suis arrivé, il a dit que des voix lui avaient traversé l'esprit et l'avaient réveillé d'un coup, il ne ressentait plus rien de douloureux ou autre.

De joie, je lui sautai dans les bras.

— Et... il n'a rien dit de te voir...

Sam et Jérémy s'étaient rapprochés.

— Il a demandé ce que je foutais là, mais n'a rien mentionné de méchant.

De loin, j'entendis une voix chaleureuse m'appeler.

Je me détournais de Jonathan, voyant le visage magnifique de celui que je voulais voir depuis maintenant quelques heures.

Et je me remis à courir pour m'affaler dans les bras de Taylor. Il m'embrassa en appuyant amoureusement ses lèvres sur les miennes, afin de savourer notre plaisir de se retrouver.

Puis il me prit dans ses bras versant quelques larmes, ce que j'avais commencé à faire bien avant lui...

— Je t'aime Joy. Je t'aime !

— Comment as-tu entendu les voix ?

— Grâce à toi, je t'ai perçue dans mes pensées, et elles ne cessaient de siffler, c'est alors que, brusquement je me suis éveillé.

Je lui souriais tellement j'étais heureuse de le retrouver.

— Jérémy a aidé aussi.

— Je sais, me sourit-il avant de m'embrasser une fois de plus, tripotant mes cheveux de ses doigts bouillants, qu'il descendait dans mon cou.

— Mon Dieu ! Quelle heure est-il ?

— Presque une heure, me répondit Sam.

— Merde ! Ma sœur ! Le concert ! Jamais je n'arriverai à temps ! m'affolai-je.

— T'inquiète pas pour ça, me fit Jérémy en rigolant. On va te chercher des affaires et on t'envoie dans les montagnes !

Et nous voilà tous partis à l'appartement pour nous prendre des vêtements, tout comme Sam et Jérémy chez eux.

— Tu ne viens pas avec nous ? demandai-je à Jonathan.

— Non, ce n'est plus dans mon intérêt de nuire à ta vie. Et puis il n'y a pas assez de place dans la voiture, rigola-t-il.

Je savais de quoi il voulait parler, Taylor et moi nous nous aimions vraiment, et je ne changerais plus d'avis sur ma décision.

— Tu n'as jamais nui à ma vie, Jo. Tu l'as sauvée. Et je ne te remercierai jamais assez, je crois.

— Jo ? appela Taylor.

Jonathan se retournait vers lui, s'écartant de moi pensant qu'il allait lui faire une remarque. Mais Taylor s'avança vers lui, tête baissée, et se mit à le regarder avec respect.

— Je ne saurais, moi non plus, te remercier réellement, j'ai été un enfoiré avec toi, et, au final, tu as veillé sur Joy, et tu m'as sauvé toi aussi alors que je t'ai frappé sans m'arrêter. Tu aurais pu me laisser pourrir dans l'hôpital, mais tu es revenu.

Mais Jonathan le stoppa.

— Je l'ai fait pour Joy, mais je serais venu te rechercher quand même. Peut-être.

— Je vois. C'est normal, je comprends. Mais merci quand même.

— Bon, les garçons, c'est bien beau tout cela, mais j'ai ma sœur à aller voir chanter, je vous rappelle !

Après un mot sorti de chacune de leurs bouches, tous déboulèrent n'importe où avec des sacs qu'ils embourbaient dans la voiture. Taylor se mit au volant, avec comme passager Jérémy, tandis que moi je me mettais derrière aux côtés de Samuel, mais avant tout, je fis un dernier baiser sur la joue douce de Jonathan avant de m'en aller.

— Merci pour tout. Je te promets de ne jamais t'oublier. Je t'aime, lui chuchotai-je avant qu'il ne me regarde une dernière fois avec regret.

Je montais dans la voiture rapidement voyant Taylor faisant un signe de tête affectif à Jonathan.

Puis nous partîmes aussitôt chez moi.

Je ne savais pas quand je reverrais Royan, mais je savais que dans peu de temps, nous allions, Taylor et moi, y revenir, et pour cette fois-ci, vivre correctement.

Quatre heures de route nous étaient réservées et je préférais dormir un peu pour ne pas voir la route passer.

Sam me retirait les cheveux qui gênaient mon visage, et me fit un sourire pour répondre à celui que je venais de lui faire. Vraiment gentil ce petit jeune...

CHAPITRE 22

RENAISSANCE D'UNE VIE

J'AVAIS réussi à dormir deux heures pendant le trajet, et je voyais que je n'étais pas la seule à avoir sommeil. Sam se tenait contre sa vitre et Jérémy dormait la bouche ouverte avec son siège à peine baissé pour éviter de broyer les jambes du jeune.

— Ça va mon cœur? Tu ne veux pas que je te remplace?

— Non, ça va aller ma puce, ne t'inquiète pas. Rendors-toi si tu veux.

— J'ai assez dormi. Mais toi, si tu as besoin de sommeil, je suis là pour te remplacer, OK?

— Oui, souffla-t-il.

Je lui fichai une claque derrière la tête à cause de ce qu'il venait de faire.

— Bah... Qu'est-ce que j'ai fait?

— Tu souffles, rigolais-je.

Le reste des deux heures à passer sur la route, je les occupais à contempler les paysages qui défilaient à l'allure que la voiture allait, m'amusant avec Sam, qui s'était réveillé entre-temps. On s'amusait à prendre Jérémy en photo dormir la bouche ouverte tel un requin affamé. Essayant de ne pas déranger Taylor au volant.

Le reste du temps avait très vite passé et nous arrivions chez moi.

Mais une voiture manquait, je rentrais alors voir qui il y avait ou pas, précédé de Samuel et Taylor.

— Papa ? Maman ?

— Monsieur Lenz ! appela Taylor.

— Purdey ? Tu es là ? demandai-je. Il n'y a personne, quelle heure est-il ?

Je regardai l'horloge de la cuisine où était inscrit seize heures dix.

— Oh, zut ! Déjà. Vite, ils sont déjà partis.

Nous montâmes dans la voiture et partîmes aussitôt pour le stade tout près de la ville, où Purdey chantait dans environ un quart d'heure maintenant.

J'imaginais dans quel état elle devait être. Ne me voyant pas arriver, elle devait stresser énormément pour sa première fois, et je savais que la seule personne apte à l'aider à prendre sur elle, c'était moi.

J'avais pris le volant pour pouvoir aller vite, obligeant Taylor à accepter de me le confier. Je savais que si je me faisais prendre en train de conduire à cent sur une route départementale, je payerais de ma poche tout ce que je pouvais avoir comme argent. Mais peu importe, ma sœur comptait plus que tout au monde, même bien avant Taylor.

— Joy, ralentis, veux-tu !

Mais je n'obéissais pas, malgré que j'accepte de ralentir à peine un peu, car c'est vrai que si je me faisais prendre, je perdrais beaucoup de temps et n'arriverais peut-être pas à temps pour voir ma sœur chanter.

Quand enfin, nous arrivâmes au stade.

Nous descendîmes de la voiture, du moins moi le plus rapidement possible, oubliant même de fermer la portière.

Je courais jusqu'à l'entrée, n'y voyant personne attendre devant. Était-ce déjà commencé ? Avais-je alors tout raté ? Impossible, je m'en serais voulu énormément.

Je rentrais dans le stade entendant de la musique, entrant à une vitesse foudroyante. Sam, Taylor et Jérémy me suivirent de près. J'essayais de chercher mes parents, cependant je ne les trouvais pas dans toute la foule.

Temps pis, je me dirigeais maintenant vers les coulisses, pour trouver ma sœur.

Je l'appelais pour qu'elle m'entende, qu'elle sache que j'étais là, pour l'aider à réussir son entrée sur scène devant bien quatre cents personnes, les yeux qui se riveraient sur elle à un moment donné.

— Purdey !

— Chut ! me fit une femme qui s'occupait de tous les amateurs.

— Avez-vous Purdey Lenz sur votre liste ? Elle chante dans le groupe « Storm Story ».

Elle regardait sur les papiers qu'elle avait, mouillant chacune des feuilles qu'elle tournait de son gros doigt.

— Alors ?

— Votre amie chante dans dix minutes.

— Je ne suis pas son amie, je suis sa sœur. Je voudrais la voir, elle m'a demandé de venir pour elle, s'il vous plaît.

— Non, je suis désolée, nous ne pouvons pas faire entrer la famille dans les coulisses.

— Vous rigolez. Pourriez-vous au moins aller la chercher. Ce n'est qu'un concert pour un simple Collège alors s'il vous plaît, ne croyez pas que vous êtes en train d'éviter à Tom Cruise ou encore Angelina Jolie de se montrer à des paparazzi. Je vous parle de ma sœur, moi ! Pas d'une star.

— Bon, très bien, entrez... Mais ! Elle seulement. Vous, messieurs, vous faites les gardes du corps. Elle est à la loge 2, s'adressa-t-elle soudain à moi.

— Merci beaucoup.

Je marchais dans le couloir long où plusieurs loges étaient. Beaucoup pour peu de collégiens, bref un vrai travail de pro.

Quand enfin je tombai sur la loge 2. J'étais anxieuse, il était seize heures trente et elle chantait dans maintenant cinq minutes sûrement. Mais... Je cognais. Une de ses amies qui jouait ou chantait avec elle venait de m'ouvrir la porte. Je regardais au loin et vis ma sœur dans une telle beauté que même moi je me sentais hideuse à côté d'elle, même si je la trouvais déjà plus élégante que moi à la base.

Elle était splendide, magique, resplendissante.

Sur ses paupières se dessinait un bleu divin qui remontait jusqu'à ses sourcils brillants, son visage bronzé ressemblait à une poupée de porcelaine aucunement pâle, ses joues étaient recouvertes de rose qui se fondait presque à la couleur de sa peau naturelle, le mascara noir lui redressait les sourcils tellement bien qu'ils ressemblaient presque aux ailes d'un ange en plein vol.

Malgré ses yeux marron identiques aux miens, on aurait pu croire que le bleu de ses paupières avait remplacé le marron de ses prunelles.

Quand elle aperçut mon reflet dans le miroir où elle contemplait sa beauté, vide pourtant, elle se retourna vers moi et m'offrit un grand sourire.

— Joy ! Je croyais que tu ne viendrais pas avec la distance, tout ça !

— J'ai promis et je tiens toujours mes promesses !

Je la pris dans mes bras, heureuse de la revoir depuis tout ce temps.

Dans la pantomime se cachaient tous ses amis qui allaient bientôt faire leur entrée sur scène.

— Je vous souhaite de réussir, je ne serai pas loin pour admirer votre travail.

— Merci, me fit ma sœur.

— On se retrouve tout à l'heure.

Je lui fis un bisou sur le front avant de partir.

Je rejoignis mon petit ami et mes deux amis avant d'aller nous perdre dans la foule, lorsque des applaudissements et des cris se firent entendre jusqu'à l'autre bout du monde.

Des mélodies de piano venaient d'envahir la salle, et ma sœur était là, pas loin de moi, qui enchaînait les partitions du piano avec quelques douces paroles. Une chanson familière. Notre chanson... « *The heart never lies* » du groupe britannique McFLy. Une chanson d'amour que l'on pouvait comparer avec tous les mépris qu'on pouvait avoir en nous. Des larmes me montaient jusqu'aux yeux quand j'entendis sa voix interpréter cette chanson... Magnifique, elle l'était déjà, mais en train de chanter avec douceur, c'était devenu fantastique.

J'avais l'impression de voyager dans le monde d'*Alice aux Pays des merveilles*, d'ailleurs, ma sœur aurait pu lui ressembler avec le bleu qui l'embellissait de la tête aux pieds.

Taylor me contourna de son épaule quand il me remarqua, Sam posa sa petite tête magnifique sur mon épaule et Jérémy m'offrit un baiser sur le front. Ils savaient tous les trois ce que je ressentais en ce moment même, ma sœur, mon être, mon âme et mon oxygène, était en train de réaliser ce qu'elle chérissait le plus, et en présence de sa grande sœur, moi... Ainsi que de ses parents, nous étions tous là à une époque pour l'aider et la redresser parfois, mais depuis que je n'étais plus là, à ses côtés, un manque, un vide était devenu un trou béant en chacune de nous. Nous ne pouvions vivre l'une sans l'autre, quand nous partions fâchées, il y avait toujours un sourire qui nous ralliait.

Aujourd'hui, je sentais une certaine fierté m'emporter lorsque j'avais pu la regarder avant et après être sur scène. Pour une fois, être dans le public me rendait heureuse, et regarder une partie de moi me rendait amplement consciente de la suite. Elle avait une chance dans le monde artistique, tout comme moi. Mais ce n'est pas ce qu'elle souhaite exactement. Elle préférait s'amuser avec ses amis et vivre au jour le jour. Moi je voulais vivre au jour le jour mais aller de l'avant et ne plus m'amuser à gigoter sur scène. Mais moi c'était mon rêve, elle, c'est un rêve différent du mien.

Nous avons toutes les deux notre propre avenir à construire, et quoi qu'il arrive, je serai toujours là pour l'aider, quitte à y laisser ma vie, je n'hésiterais pas à me sacrifier pour elle.

La chanson venait de se terminer, pendant quelques minutes, grâce à celle-ci, je m'étais fait quelques idées sur mon futur et celui de ma protégée.

Elle m'avait trouvée dans la foule et me fit signe de la rejoindre dans les coulisses.

— Alors comment j'étais? Enfin, on était?

— Supers! Tu étais magnifique ainsi que tes amis.

— Je te fais la présentation du groupe?

— Bien sûr, lui souriais-je.

— Alors le batteur c'est Justin, le guitariste Yohann, la guitariste Kelly, la bassiste Amy, le pianiste Dimitri, et Carim et Coralie sont les deux autres chanteuses du groupe.

— Waouh! Vous êtes nombreux! Huit pour un groupe, c'est pas mal, je dois l'avouer, rigolais-je.

— Comment tu es venue... Ah oui, avec tes hommes.

— Je n'en ai qu'un, t'abuses, les autres sont mes amis.

— D'ailleurs, celui qui avait la tête posée sur ton épaule était plutôt mignon.

— Non, on ne touche pas, c'est Sam, et il est trop vieux pour toi.

— T'abuses, il a quel âge?

— Seize.

— J'en ai treize !

— Ça m'est égal, jeune fille. Tu n'auras que le droit de regarder. C'est tout.

Tous ses amis rigolaient en entendant ce que je venais de dire. Et au final, Purdey aussi.

Mes parents nous rejoignaient quand ils nous virent sortir des loges.

— On est fiers de toi, Purdey, fit ma mère à cette dernière. On a bien cru que tu ne viendrais pas, toi ! s'adressa-t-elle à moi soudain.

— J'avais promis... Et je tiens toujours mes promesses, souriais-je.

— Par contre, on ne pense pas tous rester, Madame Lenz, justifia Taylor.

— Oh oui, c'est vrai... Mais vous êtes venus à combien ?

— Quatre. Ils ont tous voulu m'accompagner et voir ma sœur chérie, sûrement.

— C'est vrai qu'on aurait manqué quelque chose, fit Jérémy en rigolant et en regardant Purdey lui faisant un clin d'œil.

— Fous-toi de moi, toi ! Va sur scène, et tu verras ce que c'est d'avoir le trac.

— Quand voulez-vous repartir ? Demain matin, vous dormez tous à la maison et cela ira, vous pouvez appeler vos familles à la maison et les prévenir. Vous êtes tous majeurs ?

— Non, Samuel n'a que seize ans, réprimai-je.

— Eh bien, tu penses que tes parents seront d'accord pour que tu restes une nuit chez nous ? demanda ma mère.

— Oui, j'en suis sûr, répondit-il.

Samuel préférait tout de même appeler sa mère avec son portable au cas où, mais elle accepta qu'il soit logé chez moi une nuit avant que nous repartions tous.

Quand nous rentrâmes à la maison, Taylor et moi étions repartis auprès de la petite rivière à côté de chez moi.

Le soleil commençait à se coucher et nous éclaircissait la peau grâce à ses rayons.

Taylor m'enlaçait et me serrait contre lui, caressant mes cheveux du bout de son menton, en déposant parfois quelques baisers qui leur étaient destinés.

Le moment était parfait et je ne voulais en aucun cas qu'il s'arrête, pour une éternité auprès de lui j'aurais pu signer un pacte de mon sang, j'aurais pu donner mon âme pour lui être destinée et m'arracher le cœur pour être ancrée dans son être pur.

— Joy? me fit-il de sa voix si magique que j'avais l'impression d'entendre le vent murmurer ses mots à mes oreilles.

— Oui mon cœur?

— Tu vas... Je veux dire, maintenant que tu sais que tout est terminé et tout le bataclan, tu vas vouloir, enfin je comprends, mais...

— Taylor, le stoppai-je en me retournant vers lui. Crache le morceau.

— Ce que je veux dire, c'est que tu vas sûrement vouloir rester ici.

Pendant une minute je réfléchissais à ce que venait de me dire mon amoureux, et je pensais qu'il ne savait réellement pas qu'il devrait me supporter à jamais si l'occasion s'avérait possible.

— Taylor... Je te suivrai jusqu'à ce que tu ne veuilles plus de moi... Alors non, je ne resterai pas ici, mes parents et ma sœur n'ont rien à craindre, donc je peux partir sans me préoccuper de ce qui pourrait leur arriver.

— Mais...

Je lui posai mon index sur la bouche et le regardai.

— Tant qu'il n'y a de danger nulle part, je te suis...

Puis je l'embrassai amoureusement quand il envisagea de m'enlacer de plus en plus fort.

Le lendemain, nous reprîmes la route en direction de Royan.

Sam et Jérémy rentrèrent chez eux et nous nous étions promis de se retrouver bientôt, quand Taylor et moi aurions pris quelques vacances rien que pour nous deux.

Malgré qu'on se soit quittés comme des enfants, nous savions que de toute manière nous allions être obligés de tous nous revoir. Après tout, nous étions tous les quatre pareils... des « Non-humains ».

Mais, pourtant, je pense que nous sommes plus que des humains, nous sommes des « Jack's ». Bien que ce nom indique la trahison, au moins deux personnes nous ressemblaient peut-être bien plus que n'importe qui, je rends évidemment hommage à Astrid et John Hollow, les deux Jack's assassinés et empoisonnés.

Mais peu importe, je savais qu'aujourd'hui ma vie avait enfin un sens, enfin une histoire à compléter, et là où j'étais dans cette seconde, personne ne pourrait me trouver.

Il était bien évident que passer des vacances avec ma deuxième âme devait se faire loin des paparazzi humains.

J'étais allongée sur le sable mou de l'île où nous étions, frôlée par la douce ombre de mon amoureux, lorsqu'il se leva pour aller piquer une tête.

L'eau était d'un bleu envoûtant, de la même couleur que celle qui se trouvait en face de la grande côte, où, il n'y a pas si longtemps, Jonathan et Taylor s'étaient affrontés en duel.

— Mon cœur, viens, elle est super-bonne ! me fit Taylor.

— J'hésite.

Mais je ne pus dire ouf. Il m'avait aussitôt attrapée par le bras et me jeta dans l'eau claire.

Je remontai à la surface le regardant d'un air mécontent et pourtant amusé.

— Tu vas voir, espèce de chien enragé ! lui criai-je avant de le courser pour me venger.

Mais sa rapidité était trop bonne par rapport à la mienne. Il ralentit tout de même le pas en se retournant vers moi, qui étais essoufflée.

— Tu es lente, mon amour, me chuchota-t-il.

— C'est pour que tu me reviennes avant de t'enfuir loin, mon éternel ange.

Puis il m'embrassa en tripotant, comme toujours, mes cheveux mouillés.

— Je t'aime, renchérit-il.

— Je t'aime aussi. Pour toujours. Plus rien ni personne ne nous séparera.

— Je te le promets.

Sur ces mots, il m'allongea sur le sol une dernière fois avant de plonger son corps et le mien dans l'eau transparente.

Dans le décor majestueux où nos deux corps étaient enlacés tels deux serpents, je sentais ma vie qui renaissait enfin de ses cendres.

Elle devenait un film, une histoire, que j'avais décidé de ne jamais terminer, bien qu'elle me fasse peur, jamais je ne la détruirais.

La Compagnie Littéraire
11/13, rue Vernier - 75017 Paris
Tel : 01 58 05 36 22 - Fax : 01 58 05 36 21
manuscrit@compagnie-litteraire.com

Achevé d'imprimer
en janvier deux mille douze
par Dupli-Print, Domont.
Dépôt légal : février 2012
Imprimé en France.

Numéro d'imprimeur : 192712